www.ingramcontent.com/pod-product-compliance
Lightning Source LLC
LaVergne TN
LVHW010556070526
838199LV00063BA/4987
* 9 7 8 9 3 5 8 7 2 2 8 6 4 *

تین پُر اسرار کہانیاں

محمد اقبال قریشی

© Mohd Iqbal Qureshi

Teen Pur-Asraar KahaniyaaN (Short Stories)
by: Mohd Iqbal Qureshi
Edition: March '2024
Publisher :
Taemeer Publications LLC (Michigan, USA / Hyderabad, India)

ISBN 978-93-5872-286-4
9 789358 722864

مصنف یا ناشر کی پیشگی اجازت کے بغیر اس کتاب کا کوئی بھی حصہ کسی بھی شکل میں بشمول ویب سائٹ پر اَپ لوڈنگ کے لیے استعمال نہ کیا جائے۔ نیز اس کتاب پر کسی بھی قسم کے تنازع کو نمٹانے کا اختیار صرف حیدرآباد (تلنگانہ) کی عدلیہ کو ہوگا۔

© محمد اقبال قریشی

کتاب	:	**تین پُراسرار کہانیاں**
مصنف	:	**محمد اقبال قریشی**
پروف ریڈنگ / تدوین	:	اعجاز عبید
صنف	:	فکشن / شکاریات
ناشر	:	تعمیر پبلی کیشنز (حیدرآباد، انڈیا)
سالِ اشاعت	:	۲۰۲۴ء
صفحات	:	۹۶
سرورق ڈیزائن	:	تعمیر ویب ڈیزائن

فہرست

(۱)   طلسمی چیتا   6

(۲)   قاتل کون   33

(۳)   موت کا کھیل   62

طلسمی چیتا

رسالدار شیر علی خان / محمد اقبال قریشی

ایک منفرد شکاری داستان جس میں شکاریوں کو حیوانوں کے ساتھ ساتھ مافوق الفطرت طاقتوں سے بھی دو دو ہاتھ کرنا پڑے

جس زمانے کا یہ واقعہ ہے، تب ہندوستان میں جنگل زیادہ اور انسانی آبادیاں کم کم ہوا کرتی تھیں۔ کئی دیہات جنگلوں کے بیچ واقع تھے اور ان کے مابین فاصلہ بھی خاصا زیادہ تھا۔ بجلی نہ ہونے کے باعث اکثر گزر گاہیں سرِ شام ہی ویران ہو جایا کرتی تھیں۔ ایسے میں اگر کوئی درندہ آدم خور ہو جاتا تو اسے زیر کرنا بڑا دقت طلب کام ہوتا۔ یہ کام اس وقت مزید دقت طلب ہو جاتا جب آدم خور کسی ایسے علاقے میں پیدا ہوتا جہاں اکثریت ہندو آبادی کی ہوتی۔ سب جانتے ہیں کہ ہندو ایک توہم پرست قوم ہے اور ان کے مذہب کی بنیاد ہی توہم پرستی پر ہے۔ اسی باعث وہ آدم خور کی وارداتوں کو کسی مافوق الفطرت قوت سے منسوب کر دیتے اور آدم خور سے متعلق طرح طرح کے من گھڑت قصے گھڑ لیتے۔ یہ قصے مقامی باشندوں میں خوف وہراس پھیلانے کے ساتھ ساتھ شکاری کی راہ میں روڑے اٹکانے کا باعث بھی بنتے۔ یہ حقیقت ہے کہ جب تک مقامی آبادی کا تعاون حاصل نہ ہو، ماہر سے ماہر شکاری بھی اپنی مہم بخوبی سر انجام نہیں دے سکتا۔

اس عجیب وغریب داستان کا آغاز جون ۱۹۲۰ء کی ایک شام کو ہوا جب میں سروہی

کے جنوب میں کوہ ارون کے دامن میں پہنچا۔ مجھے انگریز شکاری مسٹر ہڈسن سے ملاقات کرنا تھی۔ اس وقت کیمپ میں مسٹر ہڈسن موجود نہیں تھے۔ کچھ دیر بعد وہ آئے تو میں نے ان سے کہا کہ میں کوہ ابون سے آیا ہوں، میرا نام شیر خاں ہے اور میں سیکنڈ رائل لانسر میں رسالدار ہوں۔ مجھے ایجنٹ برائے گورنر جنرل راجپوتانہ نے آپ کی خدمت میں بھیجا ہے۔ مسٹر ہڈسن نے کہا ''اس وقت میں تھکا ہوا ہوں، آپ کھانا کھا کر سو جائیں صبح شکار گاہ میں چل کر آپ کو تمام واقعات سناؤں گا۔'' یہ کہہ کر مسٹر ہڈسن اپنے خیمے میں چلے گئے۔ میں نے کھانا کھایا اور چاندنی رات میں پہاڑی مناظر دیکھنے لگا۔ مسٹر ہڈسن کا شکاری کیمپ کوہ ارون کی بلند و بالا چوٹی کے نیچے ایک خوفناک مقام پر تھا۔ کیمپ کے سامنے تاریک جنگل تھا۔ پہاڑ کو چیرتی ہوئی نشیب میں ایک ندی بہ رہی تھی، وہاں کی زمین سیاہ اور چکنی تھی۔ کچھ دیر بعد جب چاند چھپ گیا تو ملازموں نے کیمپ میں آگ کے الاؤ روشن کیے اور بندوقوں سے مسلح ہو کر باری باری پہرہ دینا شروع کر دیا۔ تھوڑی دیر بعد میں سو گیا۔ صبح اٹھا تو ملازموں نے مجھے اکیس مرے ہوئے سانپ دکھائے جو انہوں نے رات کو کیمپ کے آس پاس ہلاک کیے تھے۔

اتنے میں مسٹر ہڈسن آ گئے۔ ہم نے کھانا کھایا پھر انہوں نے قریب کے خیمے سے امر سنگھ کو بلایا اور مجھے اور امر سنگھ کو ساتھ لے کر ایک پہاڑی درے میں پہنچے۔ درے کے سامنے گھنے درختوں کا ایک جھنڈ تھا جس میں ایک چشمہ تھا۔ چشمے کے کنارے ایک بہت گہرا غار تھا۔ غار کے سامنے ایک اونچے درخت کے نیچے پہاڑی چٹان پر ایک پتھر رکھا تھا۔ امر سنگھ نے پتھر ہٹایا، اُس کے نیچے چٹان خشک خون میں لتھڑی ہوئی تھی.

مسٹر ہڈسن بولے ''شیر خان یہ میرے دوست مسٹر تھامسن کا خون ہے۔ جب تک میں تھامسن کے قاتل سے انتقام نہیں لے لیتا مجھے سکون نصیب نہیں ہو گا۔ دو ماہ ہوئے

میں اور تھامسن سیر و شکار کی غرض سے کوہ اروِن آئے۔ یہاں ایک آدم خور کی خونخواری کا بہت چرچا تھا۔ امر سنگھ کا بھائی مان سنگھ بھی ہمارے ساتھ تھا۔ ہم نے اس چٹان کے قریب واقع درخت پر مچان بندھوایا۔ رات کو میں مچان پر تھا جب تھامسن اور مان سنگھ میرے لیے کھانا لے کر آئے۔ تھامسن آگے اور مان سنگھ پیچھے تھا۔ اچانک آدم خور نے تھامسن کو اس چٹان پر دبوچ لیا، مان سنگھ چلایا۔ میں نے سامنے بندھے ہوئے بھینسے کی طرف دیکھا مگر وہاں کچھ نہیں تھا۔ میں مچان سے نیچے اُترا، سامنے کا منظر میرے ہوش اُڑا دینے کے لیے کافی تھا۔ چاندنی میں ایک چیتا چٹان پر بیٹھا تھامسن کی گردن دبوچے ہوئے تھا۔ میں نے اپنی زندگی میں بیسیوں درندے شکار کیے ہیں مگر میں دعوے سے کہہ سکتا ہوں کہ اس سے زیادہ عجیب و غریب اور حسین درندہ میں نے آج تک اپنی زندگی میں دوبارہ نہیں دیکھا۔ اُس چیتے کا حلیہ بڑا ہی عجیب و غریب تھا، منقش کمر بند، منقش کلائی بند اور سر پر چمڑے کی جڑاؤ ٹوپی اُسے کسی اور ہی دنیا کی مخلوق ظاہر کر رہی تھی۔ چند ثانیے کے لیے میں دم بخود کھڑا اُس حیوان کو دیکھتا رہا۔

معاً چیتے نے تھامسن کو چھوڑ کر مان سنگھ پر جست لگائی اور اُسے دبوچ لیا۔ مان سنگھ گرانڈیل جوان اور پیشہ ور شکاری تھا لیکن آدم خور کے بوجھ تلے گر پڑا۔ میں نے چیتے پر تلوار کا وار کیا جو خالی گیا اور تلوار چٹان سے ٹکرا کر ٹوٹ گئی۔ چیتے نے مان سنگھ کو جبڑوں میں دبایا اور اس غار میں گھس گیا۔ میں جوشِ انتقام میں بندوق لیے ٹارچ روشن کر کے اُس کے تعاقب میں غار میں داخل ہو گیا۔ آگے غار اتنا تنگ تھا کہ اس میں چیتے کا داخل ہونا ناممکن تھا۔ بے ساختہ میرے منہ سے نکلا، ”یہ چیتا تھا یا آسیب؟“

”میں بُری طرح ڈر گیا۔ چیتا مان سنگھ کو لے کر میری آنکھوں کے سامنے غار میں گھسا تھا۔ غار کے دہانے پر مان سنگھ کا تازہ لہو پڑا تھا۔ اسی لمحہ مجھے مسٹر تھامسن کا خیال آیا۔

میں چٹان پر پہنچا، تو تھامسن مر چکا تھا۔ چیتے کے تیز دانتوں نے اس کی گردن اور سر کا کچومر بنا دیا تھا۔ بڑا وحشت ناک منظر تھا۔ دن نکلا تو مسٹر تھامسن کی لاش لے کر میں کوہ ابون پہنچا اور پھر چوتھے دن امر سنگھ کو ساتھ لے کر واپس یہاں آ گیا۔ مجھے تھامسن کی موت کا جس قدر غم تھا اس سے زیادہ امر سنگھ کو اپنے بھائی مان سنگھ کے مرنے کا رنج تھا۔ ہم دونوں انتقام کی آگ میں بُری طرح جھُلس رہے تھے۔

''ایک روز آدم خور نے گراہٹی قبائل کے سردار کا اکلوتا بیٹا ہلاک کر کے اس کا خون پیا اور پھر لاش کو گھسیٹتا ہوا ندی کی طرف پہاڑوں میں لے گیا۔ دوسرے دن اس لڑکے کی بے لباس لاش ندی میں بہتی دیکھی گئی۔ قبائلی میرے پاس آکر زار و قطار رونے لگے۔ میں نے پہلے انہیں تسلی دی اور پھر آدم خور کے متعلق تفصیلات معلوم کیں تو ان میں سے ایک شخص نے بید کی طرح کانپتے ہوئے کہا۔ ''صاحب! ہمارے قبیلے صدیوں سے ان پہاڑوں میں آباد ہیں۔ خونخوار درندوں کو پکڑنا ہمارے لیے معمولی بات ہے لیکن یہ آدم خور، شیر یا چیتا نہیں کوئی جن یا مافوق الفطرت چیز ہے۔ یہ آسیب ہے مگر درندے کے روپ میں۔ یہ چھ ماہ میں ہمارے پچاس افراد ہلاک کر چکا ہے۔ یہ بلا انسان کی گردن کا لہو پی کر ایک حسین و جمیل عورت کا روپ دھارتی ہے اور انسان کی برہنہ لاش کے سینے پر بیٹھ کر نہاتی ہے، پھر لاش کو ندی میں بہا دیتی ہے۔ یہ تمام پہاڑ اور غاریں آسیب زدہ ہیں۔ آسیب کا علاج بندوق سے نہیں ہو سکتا۔ صاحب! آپ کسی روحانی عامل کو تلاش کریں، ہم آپ کی جان و مال کو دعائیں دیں گے۔''

اتنا کہہ کر مسٹر ہڈسن خاموش ہو گیا اور پائپ سلگا کر ہلکے ہلکے کش لینے لگا۔ تھوڑی دیر بعد وہ میرے چہرے پر نظریں گاڑ کر گویا ہوا۔

''شیر خان! آپ کو یہ ماننا پڑے گا کہ یہ داستان پُر اسرار اور سنسنی خیز ہے لیکن میں

توہم پرست نہیں بلکہ ایک تجربے کار فوجی افسر ہوں۔ میں نے اور امر سنگھ نے ان پہاڑوں اور جنگلوں کا چپہ چپہ چھان مارا، لیکن اپنے مقصد میں کامیاب نہیں ہوئے اور جس وقت میں نے اپنی آنکھوں سے ایک برہنہ لاش کو ندی میں بہتے دیکھا تو میرے پاؤں تلے سے زمین نکل گئی۔ امر سنگھ، مان سنگھ جیسا بہادر اور نامور شکاری نہیں ہے اس لیے میں نے ایجنٹ برائے گورنر جنرل راجپوتانہ کو لکھا کہ میری مدد کے لیے کوئی تجربہ کار فوجی شکاری بھیج دیجیے۔ یہ میری خوش قسمتی ہے کہ آپ تشریف لے آئے۔ میرا دماغ ماؤف ہو چکا ہے۔ اب آپ جو چاہیں کریں۔"

مسٹر ہڈسن کی زبانی یہ غیر معمولی روداد سن کر میں سوچ میں پڑ گیا کیونکہ میں آسیب بھوت اور چڑیلوں کا قائل نہیں ہوں مگر یہ سنسنی خیز واقعات سن کر میرا بھی ذہن ڈول گیا۔ ہم واپس کیمپ میں آئے تو شام کے سائے پھیلنے لگے تھے۔ ہم نے باہمی مشاورت سے اگلی صبح آدم خور کی تلاش کا پروگرام بنایا اور پھر اپنے اپنے خیمے میں جا کر سو گئے۔ رات دو بجے اچانک ایک پہرے دار کی دلدوز چیخ سنائی دی۔ میں خیمے سے نکلا۔ آگ کے الاؤ پر کیمپ کے لوگ جمع تھے۔ اس جگہ ایک پہرے دار بُری طرح تڑپ رہا تھا، اس کے قریب ہی چھ فٹ لمبا ایک سیاہ رنگ کا سانپ مرا پڑا تھا۔ مسٹر ہڈسن نے بتایا کہ چاند چھپ گیا تھا، اس دوران پہرے داروں کی غفلت سے الاؤ کی آگ بھی بجھ گئی۔ گھپ اندھیرے میں اس بدقسمت پہرے دار کا پاؤں ناگ پر پڑا اور ناگ نے اِسے ڈس لیا۔ اسی دم ٹارچ کی روشنی میں میرے ملازم محبوب خان نے دم پکڑ کر سانپ کو زمین سے اٹھایا اور پھر جھٹکا دے کر اُس کی کمر بیچ سے توڑ دی۔ ناگ خاصی دیر تک زمین پر پڑا تڑپتا رہا۔ اب میرے آنے کے بعد محبوب خاں نے سانپ کا سر کچل کر اسے ہلاک کیا ہے۔ محبوب خاں سانپوں کا بہترین شکاری ہے اور ناگ کے ڈسے کا ماہر طبیب بھی۔ محبوب خاں نے خون کا

دوران روکنے کے لیے پہرے دار کے پاؤں میں کپڑا باندھا اور پھر آگ کے دہکتے ہوئے انگارے سے ڈسی ہوئی جگہ کو جلا دیا۔ اب زخم میں دوا بھر کر پٹی باندھ دی گئی ہے۔ شیر خاں! ہمیں بہت محتاط رہنا ہو گا، یہ علاقہ سانپوں کا گڑھ ہے۔“

مسٹر ہڈسن کے یہ الفاظ سن کر میں خوف سے لرز گیا۔ واقعی محبوب خاں کا کیا ہوا علاج کامیاب ثابت ہوا۔ پہرے دار پر زہر کا کوئی اثر نہیں تھا، وہ صرف جلے ہوئے پاؤں کی تکلیف کا رونا رو رہا تھا۔ محبوب خاں نے اسے اور دوا پلائی اور زخم پر مرہم لگا کر پٹی باندھ دی، جب اسے سکون ہو گیا تو ہم نے کھانا کھایا۔ اس قدر دہشت ناک واقعے کے بعد نیند میری آنکھوں سے کوسوں دور ہو گئی، باقی لوگوں کا بھی یہی حال تھا۔ ہم سب الاؤ کے ارد گرد نیم دائرے کی شکل میں بیٹھ گئے، ہمارا موضوع گفتگو وِاروں کا آدم خور تھا۔ مسٹر ہڈسن اور اس کے ساتھیوں نے مجھے بتایا کہ گزشتہ تین ماہ کے دوران پچاس کے قریب افراد آدم خور کا نوالہ بن چکے ہیں۔ حیرت کی بات یہ ہے کہ آدم خور صرف توانا نوجوانوں اور خوبصورت جوان لڑکیوں کو ہی شکار کرتا ہے۔ اس نے آج تک کسی بچے، بوڑھے یا معذور دیہاتی کو اپنا نوالہ نہیں بنایا۔ مزید یہ کہ اس نے آج تک اپنے کسی شکار کا گوشت نہیں کھایا بلکہ وہ صرف اس کا خون پیتا ہے جس کے بعد اس کے شکار کی لاش ندی کے پانی میں بہتی ہوئی ملتی ہے۔

میں نے مسٹر ہڈسن اور اس کے ساتھیوں سے گزارش کی کہ آدم خور کے کامیاب شکار کے لیے ضروری ہے کہ وہ مجھے اس کی چیدہ چیدہ وارداتوں کا احوال سنائیں۔ اس سے میرا ایک مقصد تو آدم خور کی نفسیات سے واقفیت حاصل کرنا تھا، دوسرے میں یہ جاننا چاہتا تھا کہ آیا یہ وارداتیں واقعی کسی حیوان کی ہیں یا پھر ان کے پیچھے کوئی مافوق الفطرت طاقت کار فرما ہے۔

آدم خور کا پہلا شکار آج سے تین ماہ قبل بھیل قبیلے کی ایک خوبصورت جوان لڑکی شکنتلا تھی۔ وہ بدنصیب لڑکی صبح صبح کھیتوں میں حوائج ضروریہ سے فارغ ہونے گئی کہ آدم خور کا نوالہ بن گئی۔ جب وہ خاصی دیر تک گھر نہ لوٹی تو اس کے بھائی بھالوں اور لاٹھیوں سے مسلح دیہاتیوں کے ہمراہ اس کی تلاش میں نکل کھڑے ہوئے۔ ایک مقام پر انہیں کھیتوں میں خاصی مقدار میں انسانی خون پڑا نظر آیا جس کے قریب ہی جھاڑیوں میں شکنتلا کی ساڑھی کی دھجیاں اٹکی ہوئی تھیں۔ خاصی تلاش بسیار کے باوجود شکنتلا کی لاش نہ ملی تو گاؤں بھر میں یہ بات مشہور کر دی گئی کہ اس جنگل میں آسیب آگیا ہے۔ ایک ہفتہ سکون سے گزرنے کے بعد دوپہر کے وقت اُسی مقام سے گزرنے والا ایک نوجوان دیہاتی شکنتلا سے ملتے جلتے انجام سے دوچار ہوا تو گاؤں والوں نے وہ مقام استعمال کرنا ترک کر دیا۔ کچھ عرصہ گاؤں میں سکون رہا پھر اچانک وارداتیں گاؤں کے اندر ہونے لگیں۔ یہ بات البتہ حیرت میں ڈال دینے والی تھی کہ آدم خور ہمیشہ چاندنی راتوں میں ہی شکار پر نکلتا تھا اور اب تو جائے واردات سے کچھ دور شکار کے کپڑے اُتار کر پھینک جاتا اور خالی شکار اٹھا کر لے جاتا۔ یہ بات گاؤں والوں کے لیے تو کیا وہاں موجود انگریز شکاری مسٹر ہڈسن کے لیے بھی اچنبے کا باعث بنی حتیٰ کہ ماہر شکاری ہونے کے باوجود میرے علم میں بھی آج تک کوئی ایسا آدم خور نہیں آیا جو اپنے شکار کو کھانے سے پہلے اس کے کپڑے اتار دیتا ہے۔

''کیا گاؤں والوں نے ان واقعات کی تفتیش میں آپ کی مدد نہیں کی؟'' میں نے مسٹر ہڈسن سے سوال کیا تو انہوں نے پائپ کی راکھ جھاڑتے ہوئے پر خیال انداز میں جواب دیا ''ساتھ انہوں نے کیا دینا تھا، وہ تو روز میری منتیں کرتے رہتے کہ خدارا آپ یہاں سے تشریف لے جائیں کیونکہ ان کے خیال میں میری موجودگی کے باعث وہ چڑیل

اور زیادہ متحرک ہو گئی ہے۔ میں جب کبھی آدم خور کے شکار کی نیت کرتا ہوں گاؤں والوں کی کوشش ہوتی ہے کہ مجھے میرے عزائم سے باز رکھا جائے۔ چونکہ میں فوجی افسر بھی ہوں اس لیے وہ مجھے گاؤں سے تو نہیں نکال سکتے لیکن وہ میرے ساتھ تعاون بھی نہیں کرتے جس کے باعث میں تاحال آدم خور کو کیفر کردار تک پہنچانے میں کامیاب ہوا نہ ہی اس اسرار پر سے پردہ اٹھانے میں۔"

"آپ کا کیا خیال ہے، اس سلسلے میں میں آپ کی کیا مدد کر پاؤں گا؟" میں نے تھوڑی دیر بعد پوچھا تو مسٹر ہڈسن نے جواب دیا "میں نے آپ کی خاصی شہرت سن رکھی ہے۔ یہ بھی کہ آپ اب تک بیسیوں آدم خور درندوں کا شکار کر چکے ہیں اور یہ کارنامے آپ نے انہی جنگلوں میں اپنی فوجی ملازمت کے دوران سرانجام دیے ہیں۔ آپ کے بارے میں مشہور ہے کہ آپ نے ایک ایسے آدم خور کو بھی شکار کیا تھا جس کے بارے میں مشہور تھا کہ وہ دراصل چڑیل ہے۔ مجھے یقین ہے کہ اگر آپ نے ہماری رہنمائی کی تو ہم بہت جلد کوہ ارون کے آدم خور کو بھی کیفر کردار تک پہنچا دیں گے۔"

"ابھی آپ نے کہا تھا کہ آدم خور کا شکار ہونے والے اکثر افراد کی لاشیں ندی میں بہتی ہوئی ملتی ہیں، کیا آپ اس سلسلے میں مجھے مزید معلومات فراہم کر سکتے ہیں؟" میں نے پوچھا۔

"یہ ندی کوہ ارون کی پہاڑیوں سے چشمے کی صورت میں نکلتی ہے اور پہاڑوں میں سے ہوتی ہوئی گاؤں میں داخل ہوتی ہے، اس کا منبع کوہ ارون کی پہاڑیوں میں ہے اور آج تک بہت کم لوگ اس مقام تک گئے ہیں۔" "مجھے یقین ہے مسٹر ہڈسن کہ آپ کا آدم خور کہیں اور نہیں بلکہ کوہ ارون کی بلند و بالا پہاڑیوں کو اپنا مسکن بنائے ہوئے ہے۔ بلاشبہ اس آدم خور کی وارداتیں اسرار کے پردوں میں لپٹی ہوئی ہیں لیکن مجھے یقین ہے کہ یہ

وارداتیں کسی سوچی سمجھی منصوبہ بندی کے تحت پر اسرار بنا دی گئی ہیں۔ ان وارداتوں کے پیچھے آدم خور کے ساتھ ساتھ کوئی دوسرا خفیہ ہاتھ بھی کارفرما ہے۔ اگر وہ ہاتھ کسی انسان کا ہے تو بہت جلد ہم اسے بھی جہنم واصل کر دیں گے اور اگر آدم خور کسی شیطانی طاقت کا آلہ کار بن گیا ہے تو بھی میری کوشش ہو گی کہ کم از کم آدم خور کو صفحہ ہستی سے مٹادیا جائے۔"

اگلی صبح ناشتے سے فارغ ہو کر ہم نے باہمی مشاورت کے بعد فیصلہ کیا کہ آدم خور کا پتا چلانے کے لیے ہمیں کوہ ارون کی بلند وبالا پہاڑیوں تک جانا ہو گا جہاں سے ہم بآسانی نہر کے منبع تک پہنچ سکتے تھے۔ ہم نے ضروری سازوسامان گھوڑوں پر لادا اور علی الصباح روانہ ہو گئے۔ تقریباً دو میل کا فاصلہ طے کر کے ہم کوہ ارون کے پہاڑی سلسلے تک پہنچ گئے۔ ہم آگے پیچھے چل رہے تھے۔ راستہ پتھریلا ہونے کے باعث گھوڑوں کی رفتار آہستہ تھی اور راستہ بھی پہاڑیوں کے درمیان بل کھاتا چلا گیا تھا۔ دائیں بائیں اونچی پہاڑیاں اور گہری کھائیاں تھیں۔ ہم ندی کے کنارے کنارے یہ سفر کر رہے تھے ذرا آگے گئے تو بڑی پہاڑیوں کے درمیان ہمیں کھلی جگہ نظر آئی جہاں ندی بڑے زور و شور سے رواں تھی اور ہم راستے سے ہٹ کر اس طرف چل پڑے۔ اس میدان کے پار ہمیں درختوں اور جھاڑیوں کے درمیان چند غاروں کے دہانے نظر آئے۔ پہاڑیوں کے درمیان واقع اس مقام کی ہیئت خاصی عجیب تھی۔ ہر طرف پہاڑیاں، چٹانیں اور درخت تھے۔ جونہی ہم غاروں کے قریب پہنچے ہمارے گھوڑے مضطرب ہو گئے حتیٰ کہ ایک مقام ایسا آیا جب گھوڑوں نے آگے بڑھنے سے انکار کر دیا۔ لگاموں کو جھٹکے دینے کے باوجود وہ وحشیانہ ہنہناتیں بلند کرتے اُلٹے قدموں پیچھے ہٹنے لگے۔ یوں لگتا تھا جیسے وہ بے زبان جانور کسی ایسی شے کو دیکھ کر خوف زدہ ہو گئے ہیں جسے ہماری آنکھیں دیکھنے سے قاصر ہیں۔ گھوڑوں

کی حالت دیکھ کر امر سنگھ کی حالت بھی متغیر ہونے لگی۔

"صاحب! واپس چلیں مجھے لگتا ہے اس جگہ کوئی آسیب ہے۔" امر سنگھ کی لرزتی ہوئی آواز میری سماعت سے ٹکرائی تو میں نے ایک نظر مسٹر ہڈسن کے چہرے پر ڈالی۔ مسٹر ہڈسن بھی شدید خوفزدہ نظر آرہا تھا، اس نے ایک ہاتھ سے گھوڑے کی لگامیں تھام رکھی تھیں تو دوسرے ہاتھ میں رائفل۔ میں آن واحد میں اپنے گھوڑے سے اُتر آیا اور ان دونوں کو بھی ایسا ہی کرنے کی تلقین کی۔ جونہی ہم گھوڑوں سے اُترے گھوڑے پر سکون ہوگئے البتہ اب بھی ان کے نتھنوں سے سانس یوں نکل رہا تھا جیسے دھونکنی سے ہوا نکلتی ہے۔

"یہاں ضرور کوئی ایسی چیز ہے جسے ہم محسوس نہیں کر سکتے لیکن گھوڑے اپنی حیوانی جبلّت کے بل پر اس سے آگاہ ہو چکے ہیں۔" میں نے رائفل کا سیفٹی کیچ ہٹاتے ہوئے چہار اطراف نظریں دوڑائیں اور کہا "یہ کوئی آسیب بھی ہو سکتا ہے اور آدم خور درندہ بھی، بہرحال ہمیں محتاط رہنا ہو گا، شاید ہماری منزل ہمیں مل گئی ہے۔" ابھی میرے مُنہ سے یہ الفاظ ادا ہی ہوئے تھے کہ ایک ایسا واقعہ رونما ہوا جو آج بھی یاد آئے تو سردیوں کے موسم میں بھی میرے ہر مسام جاں سے پسینہ پھوٹ پڑتا ہے۔ پہلے پہل تو مجھے یوں لگا جیسے کوئی انسان اپنی پوری طاقت کے ساتھ چیختا ہے لیکن پھر وہ آواز کسی درندے کی غراہٹ میں بدلتی چلی گئی۔ اس سے قبل کہ ہم اندازہ لگا پاتے کہ اس آواز کا ماخذ کیا شے تھی، ایک سیاہ ہیولا ہماری آنکھوں کے سامنے سے ایک غار سے نکل کر دوسرے غار میں داخل ہو گیا۔ وہ کیا شے تھی شاید میں یقین سے نہ بتا سکوں بہرحال وہ نہ انسان تھا نہ درندہ شاید وہ ان دونوں کا ملغوبا تھا یا پھر الف لیلوی داستان کے اوراق سے کوئی پراسرار مخلوق نکل کر ہماری نظروں کے سامنے آگئی تھی۔ "کیا تم لوگوں نے بھی

وہی دیکھا جو میں نے دیکھا؟'' خاصی دیر بعد جب میری قوت گویائی بحال ہوئی تو میں نے مسٹر ہڈسن اور امر سنگھ کی طرف رخ کر کے پوچھا، ان دونوں کے چہرے تو جیسے دھواں دھواں ہو گئے تھے اور قوت گویائی سلب ہو گئی تھی۔

''ہمیں اس شے کے تعاقب میں جانا ہو گا ورنہ اس اسرار پر سے کبھی پردہ نہ اُٹھ سکے گا۔'' میں نے ان دونوں کو خاموش پا کر اس غار کی جانب بڑھتے ہوئے کہا جہاں وہ مخلوق ہماری نظروں سے اوجھل ہوئی تھی۔ ''ہمیں اس شے کے تعاقب میں جانا ہو گا ورنہ اس اسرار پر سے کبھی پردہ نہ اُٹھ سکے گا۔'' میں نے ان دونوں کو خاموش پا کر اس غار کی جانب بڑھتے ہوئے کہا جہاں وہ مخلوق ہماری نظروں سے اوجھل ہوئی تھی۔ ''رُک جاؤ، شیر خان! تم اپنی موت کی طرف قدم بڑھا رہے ہو۔'' مسٹر ہڈسن کی مرتعش آواز میری سماعت سے ٹکرائی تو میرے قدم یک بیک رک گئے۔

''اگر میری موت اس بلا کے ہاتھوں لکھی ہے تو دنیا کی کوئی طاقت اسے نہیں ٹال سکتی۔'' میں نے پر عزم انداز میں کہا ''میں اس اسرار پر سے پردہ اٹھائے بغیر یہاں سے واپس نہ لوٹوں گا۔ اگر تم دونوں نہیں آنا چاہتے تو یہیں رُک کر میرا انتظار کرو، اگر رات کے سائے گہرے ہونے سے پہلے میں واپس نہ لوٹا تو گاؤں جا کر میری غائبانہ نمازِ جنازہ ادا کروا دینا۔'' یہ کہہ کر میں غار کی جانب بڑھ گیا۔ غار کے دہانے تک پہنچ کر میں نے ایک بار پھر پیچھے مڑ کر دیکھا تو وہ دونوں اپنی اپنی جگہ بت بنے کھڑے تھے، میں نے ان دونوں پر الوداعی نظر ڈالی اور غار میں داخل ہو گیا۔

میں نے ایک ہاتھ میں رائفل اور دوسرے ہاتھ میں روشن ٹارچ تھام رکھی تھی۔ جوں جوں میں آگے بڑھتا گیا غار تنگ ہوتا گیا حتیٰ کہ مجھے جھک کر آگے بڑھنا پڑا۔ تھوڑی دیر بعد میرے سامنے ایک ایسا مقام آ گیا جہاں دائیں بائیں دو راستے جاتے تھے۔ میں نے

ٹارچ سے غار کے فرش کا معاینہ کیا تو مجھے چیتے کے پنجوں کے نشان دائیں جانب جانے والے راستے پر جاتے نظر آئے۔ حیرت انگیز بات یہ تھی کہ پنجوں کے نشانات کے ساتھ وہاں انسانی قدموں کے نشانات بھی تھے۔ میں اُسی راستے پر ہو لیا۔ میری انگلی لبلبی پر تھی اور میں کسی بھی لمحے گولی چلانے کے لیے بالکل تیار تھا۔

میں چند قدم آگے بڑھا ہوں گا کہ مجھے یوں محسوس ہوا جیسے آگے راستہ بند ہو گیا ہے۔ میں نے ٹارچ کی روشنی اس مقام پر پھینکی تو مجھے اپنے سامنے پتھر کی دیوار نظر آئی۔ غار کے اندھیرے اور گھٹن سے میرا دل پہلے ہی ڈوب رہا تھا، اب راہ مسدود دیکھ کر میری حالت مزید بگڑنے لگی۔ میں نے یہ دیکھنے کے لیے کہ آیا اب بھی فرش پر پنجوں اور قدموں کے نشان موجود ہیں ٹارچ کی روشنی غار کے فرش پر پھینکی تو مجھے دیوار اور فرش کے سنگم پر ایک شگاف نظر آیا۔ وہ شگاف اتنا بڑا تھا کہ اس میں سے خاصی تگ و دو کے بعد ہی گزرا جا سکتا تھا۔ یہ دیکھنے کے لیے کہ اس شگاف کے اُس پار کوئی راستہ ہے یا نہیں میں نے جھک کر شگاف کو سونگھا تو مجھے تازہ ہوا کی خنکی اپنے نتھنوں سے ٹکراتی محسوس ہوئی۔ اگلے ہی لمحے میں نے شگاف میں داخل ہونے کا فیصلہ کر لیا، شگاف کے پار غار کی چھت اتنی اونچی تھی کہ میں سیدھا کھڑا ہو سکتا تھا۔ جس جگہ میں نکلا تھا وہاں سے کچھ دور غار کا دوسرا دہانہ تھا۔ میں بے اختیار دہانے میں سے باہر نکل آیا۔ باہر کا منظر مجھے حیران کر دینے کے لیے کافی تھا کیونکہ میرے سامنے ایک وسیع و عریض میدان تھا جس میں جابجا لکڑی اور گھاس پھونس سے بنی ہوئی جھونپڑیاں تھیں۔ میں نے ایک ایک کر کے تمام جھونپڑیاں دیکھ ڈالیں لیکن وہاں کسی ذی روح کی موجودگی کے آثار نہ تھے۔ یوں لگتا تھا جیسے کسی ناگہانی آفت کے نزول کی خبر پا کر گاؤں والے اپنا گھر بار چھوڑ کر کہیں دور جا چکے ہیں۔ یہ امر میرے لیے خاصا حیران کن تھا۔ اب میرے مزید آگے بڑھنے کا کوئی جواز نہ

تھا لہٰذا میں جس راستے سے آیا تھا اُسی راستے سے واپس مسٹر ہڈسن اور امر سنگھ تک پہنچ گیا۔ وہ دونوں میری باتیں سن کر خاصے حیران ہوئے اور طے یہ پایا کہ ہم اپنے گھوڑے وہیں چھوڑ کر اس ویران بستی تک جائیں گے۔

بستی پہنچ کر امر سنگھ اور مسٹر ہڈسن دونوں کی حیرت دیدنی تھی۔ "آخر بستی والے یوں اپنا گھر بار چھوڑ کر گئے کہاں؟" امر سنگھ کے منہ سے بے ساختہ نکلا۔

"یہ مقام ان سے آدم خور کی ہیبت نے خالی کرایا ہے۔" میں نے چٹانوں میں سے گزرتی ہوئی ندی کی طرف اشارہ کیا۔ "یہ ندی یقیناً آدم خور کے مسکن سے یہاں تک آ رہی ہے۔" یہ سن کر وہ دونوں دہشت زدہ انداز میں ندی کو دیکھنے لگے۔

"آپ لوگ یقیناً آدم خور کی تلاش میں یہاں آئے ہیں!"

ایک مترنم نسوانی آواز ہماری سماعت سے ٹکرائی اور ہم یوں سرعت سے پیچھے پلٹے جیسے وہ کسی عورت کے بجائے آسیب کی آواز ہو۔

وہ تھی بھی اتنی ہی خوبصورت کہ اس پر انسان کے بجائے کسی ماورائی مخلوق کا گمان گزرتا تھا۔ اس کے لمبے سیاہ کھلے بال اس کی شخصیت کی سحر انگیزی میں مزید اضافہ کر رہے تھے۔

"تم کون ہو؟" میرے منہ سے بے اختیار نکلا۔ میرے ساتھیوں کی تو اُس حسینہ کو دیکھتے ہی جیسے قوت گویائی سلب ہو گئی تھی۔

"میں اسی بستی کی رہائشی ہوں۔" اس نے قریب آ کر کہا۔ "چند ماہ قبل ہماری بستی پر ایک آدم خور نے حملے کرنے شروع کر دیے تو بستی کے سردار نے فیصلہ کیا کہ ہم یہاں سے کہیں اور ہجرت کر جائیں۔"

"اب تم کہاں رہتی ہو اور اس وقت تنہا یہاں کیا کر رہی ہو؟"

میرے اس سوال کے جواب میں اس نے آسمان کی طرف منہ اٹھا کر کچھ اس انداز سے قہقہہ بلند کیا کہ ایک لمحے کے لیے مجھے اس کی ذہنی حالت پر شک گزرنے لگا۔ جب اُس کے قہقہے کی گونج تھمی تو وہ گویا ہوئی۔ "اس بستی میں آدم خور کا آخری شکار میرا اکلوتا بھائی تھا۔" اس نے قطعی بدلے ہوئے لہجے میں جواب دیا۔ "مجھے اپنے بھائی سے بے پناہ محبت تھی، اس کی ناگہانی موت کے بعد بستی والوں نے یہ جگہ چھوڑنے کا فیصلہ کر لیا اور پہاڑوں کے دامن میں ایک نئی بستی آباد کر لی۔ میں بھی اپنی بوڑھی ماں کے ساتھ وہیں رہنے لگی مگر جب کبھی کبھی بھائی کی یاد حد سے زیادہ ستاتی ہے تو میں یہاں چلی آتی ہوں۔ یہاں آ کر میری بے چین روح کو چین مل جاتا ہے۔"

ہم تینوں بت بنے اُسے دیکھتے رہے تھوڑی دیر بعد میں نے اُس سے اُس کا نام پوچھا اور گزارش کی کہ وہ اپنی بستی تک ہماری رہنمائی کرے۔ وہ فوراً تیار ہو گئی۔ امر سنگھ نے ہمیں مشورہ دیا کہ چونکہ وہ لڑکی ان پہاڑی دروں سے بخوبی واقف معلوم ہوتی ہے اس لیے ہم اس کی مدد سے پہاڑوں کا چکر کاٹ کر اپنے گھوڑوں تک پہنچ جائیں اور انہیں لے کر اس کی بستی میں جائیں۔ اس لڑکی نے اپنا نام پریتی بتایا تھا۔ ہم اس کی مدد سے تقریباً دو گھنٹوں کی مسافت کے بعد اس کی بستی پہنچ گئے۔ جب ہم بستی میں داخل ہونے لگے تو پریتی ہم سے تقریباً الگ ہو کر خاصی پیچھے رہ گئی۔ میں نے اسے قریب بلانے کے لیے پیچھے مڑ کر دیکھا تو ایک لمحے کے لیے مجھے اپنی نظروں پر یقین نہ آیا کیونکہ چند ثانیے قبل جہاں پر پریتی کھڑی تھی اب وہاں کسی ذی روح کا نام و نشان نہ تھا۔ میں نے اپنے ساتھیوں پر نظر ڈالی تو انہیں بھی پریشان پایا۔

"اے میرے خدا یہ کیا چکر ہے؟" مسٹر ہڈسن نے اُس لڑکی سے ملاقات کے بعد پہلی بار لب کشائی کی۔ "کہیں ہم کسی مصیبت میں نہ پھنس جائیں۔"

"نہیں ایسا نہیں ہو گا۔" میں نے بستی پر ایک نظر ڈال کر کہا "ہم بالکل صحیح جگہ پہنچے ہیں، اس بستی سے ہمیں کوئی ایسی معلومات ضرور ملیں گی جن سے ان تمام پراسرار واقعات کا پردہ چاک کرنے میں مدد ملے گی۔"

آگے ندی کے گھاٹوں میں گراہٹی اور بھیل قبائل کی جھونپڑیاں تھیں۔ ہم ان جھونپڑیوں میں پہنچے تو ایک بھیل سردار نے ہمارا استقبال کیا۔ تعارف کے بعد اُس نے کہا کہ آپ لوگ پہاڑ کی سمت ندی کے منبع پر نہ جائیں کیونکہ وہ بھوتوں اور چڑیلوں کا مسکن ہے۔ وہاں سے نکلنے والی ایک خوبرو چڑیل چیتے کا روپ دھار کر انسان کو ہلاک کرتی ہے، پھر اس کی برہنہ لاش پر بیٹھ کر غسل کرتی ہے اور پھر لاش ندی میں بہا دیتی ہے۔ اگر آپ لوگ اس چڑیل کی خونخواریاں دیکھنے کے خواہشمند ہیں تو دو چار دن ہماری جھونپڑیوں میں قیام کریں۔" ہم نے آپس میں صلح مشورہ کر کے اس کی بات مان لی۔ جب ہم نے اُس سے پوچھا کہ آیا اُس کے گاؤں میں پریتی نام کی لڑکی رہتی ہے تو اُس نے بتایا "آخری بار آدم خور چڑیل نے ہماری بستی کی جس نوجوان لڑکی کو ہلاک کیا تھا وہ پریتی ہی تھی۔" اس کی آواز مجھے کہیں دور سے آتی سنائی دی۔ "پریتی کی ہلاکت کے بعد ہم نے وہ بستی چھوڑ کر یہاں نئی بستی آباد کر لی۔"

ہمیں حیران پریشان دیکھ کر وہ تھوڑی دیر بعد بولا "آپ اُس لڑکی کی روح سے ملاقات کرنے والے پہلے انسان نہیں ہیں، بستی والوں نے کئی بار پریتی کی روح کو متروک بستی میں پھرتے دیکھا ہے۔ البتہ آپ پہلے لوگ ہیں جن سے پریتی نے بات بھی کی ہے۔"

بھیل سردار کے پاس ہمارے قیام کو چھ روز گزر گئے لیکن ان دنوں کوئی قابل ذکر واقعہ پیش نہ آیا۔ ساتویں دن بھیل سردار بولا کہ ہماری جھونپڑیوں سے ایک میل دور گراہٹی قبائل کی جھونپڑیاں ہیں۔ خبر آئی ہے کہ آج صبح ان جھونپڑیوں سے چڑیل ایک

نوجوان عورت کو ہلاک کر کے گھسیٹتی ہوئی اپنی قیام گاہ کی طرف لے گئی ہے۔ آج شام کو چڑیل اس عورت کی لاش پر بیٹھ کر نہائے گی اور پھر لاش کو ندی میں بہا دے گی۔ میں نے کہا"ہم ندی میں بہتی ہوئی لاش دیکھنے کا اشتیاق نہیں رکھتے۔ ہمیں تو اس چڑیل کی قیام گاہ کا بتائیں تا کہ لاش پر نہانے سے پہلے ہم اس سے دو دو ہاتھ کریں۔" یہ سن کر بھیل سردار کا چہرہ اُتر گیا اور اس نے میری بات کا کوئی جواب نہ دیا۔ میں نے اسے ڈر پوک اور بزدل کا طعنہ دیا اور جب ہم ناراض ہو کر چلنے لگے تو بھیل سردار کے بھائی چندا نے ہمارے آگے ہاتھ جوڑ کر کہا "صاحب! ہم بزدل نہیں ہیں۔ شیر کو نیزے سے ہلاک کرنا ہمارے بائیں ہاتھ کا کھیل ہے لیکن یہ درندہ نہیں بلکہ کوئی بلا ہے۔ اگر آپ لوگوں کا یہ ارادہ ہے کہ ہم تباہ و برباد ہوں تو چلیے میں اس چڑیل کی قیام گاہ کا پتا آپ کو بتاتا ہوں۔"

اندھے کو کیا چاہیے، دو آنکھیں، ہم اُسی لمحے چندا کو ساتھ لے کر پہاڑ کی طرف روانہ ہوئے، سامنے ہزاروں فٹ اونچے پہاڑ پر سے ایک ندی بڑے زور شور سے بہہ رہی تھی۔ چندا وہیں رک گیا۔ اس نے اشارے سے بتایا کہ سامنے جو غار نظر آ رہا ہے وہی چڑیل کا مسکن ہے۔ اس کے بعد چندا اپنی جھونپڑیوں کی طرف لوٹ گیا۔ ہم ندی کے ساتھ ساتھ اور آگے بڑھے۔ میں نے دوربین لگا کر غار کو دیکھا تو میرا سانس رک گیا۔ میری آنکھوں کے سامنے جو غار تھا وہ اس غار سے مشابہ تھا جس غار میں چیتا مان سنگھ کو لے کر داخل ہوا تھا۔ پھر دوربین سے مسٹر ہڈسن اور امر نے غار کو دیکھا۔ حیرانی کے عالم میں ان کی آنکھیں بھی پھٹی کی پھٹی رہ گئیں۔ مسٹر ہڈسن بولے "عجیب طلسم خانہ ہے، یہ تو وہی غار ہے جس غار میں آدم خور مان سنگھ کو لے کر غائب ہوا تھا مگر وہ مقام تو یہاں سے بہت دور ہے۔"

ہم اس غار کی طرف چل پڑے۔ جب غار تھوڑی دور رہ گیا تو ہم ایک درخت کے

نیچے چھپ کر اس طرف دیکھنے لگے۔ اُف میں وہ خوفناک منظر کبھی نہ بھولوں گا۔ غار سے ایک لحیم شحیم شخص نکلا۔ مجھے سمجھ نہیں آ رہی کہ اُسے کیا نام دوں، وہ کوئی اور نہیں بلکہ وہی عجیب الخلقت انسان تھا جسے ہم نے کوہ ارون کے غار میں غائب ہوتا دیکھا تھا۔ اس کا حلیہ اس قدر عجیب و غریب تھا کہ بیان سے باہر ہے، مختلف جنگلی جانوروں کی کھالوں، ہڈیوں اور سینگوں پر مشتمل لباس میں ملبوس وہ انسان سے زیادہ خونخوار جنگلی درندہ نظر آتا تھا۔ اس کے سر پر ایک عورت کی برہنہ لاش تھی۔ اس نے لاش کو ندی کے کنارے رکھ دیا۔ ہم دیکھتے رہے۔ ہم میں سے کسی کو بھی آگے بڑھنے کی ہمت نہ ہوئی۔ رائفلوں پر ہماری گرفت البتہ مضبوط تھی۔ جب سورج پہاڑ کی اوٹ میں غروب ہونے لگا تو غار سے ایک خوبصورت عورت نمودار ہوئی، تھوڑی دیر بعد وہ نوجوان حسینہ، لاش پر بیٹھ کر نہانے لگے۔ مجھے اپنے ساتھیوں کی حالت کا تو پتا نہیں لیکن یہ وحشت ناک منظر دیکھ کر میرے جسم میں سنسنی دوڑ گئی۔ "کیا واقعی دنیا میں چڑیل کا وجود ہے؟" میں نے اپنے آپ سے کہا۔ لیکن پھر جلد ہی میں نے خود پر قابو پا لیا اور کانپتے ہاتھوں سے بندوق سیدھی کر کے اس چڑیل سے چند گز اوپر فضا میں فائر کر دیا۔ پہاڑیوں کے بیچ سے گولی چلنے سے توپ کا سا دھماکا ہوا۔ چڑیل لرز گئی اور لاش کو چھوڑ کر پاگلوں کی طرح ہماری طرف دیکھنے لگی، پھر بھاگ کر غار میں چھپ گئی۔ دھماکے کی آواز کے ساتھ ہی آس پاس کے درختوں پر لنگور وغیرہ کان پھاڑ دینے والی چیخیں نکالتے ہوئے اُچھل کود کرنے لگے۔ مسٹر ہڈسن کے چہرے سے تحیر اور فکر مندی ہویدا تھی۔ ابھی میں اس طلسمی ماحول کے سحر سے نکل بھی نہ پایا تھا کہ ایک تیر سنسناتا ہوا آیا اور مسٹر ہڈسن کے بازو میں پیوست ہو گیا۔ اسی دم مسٹر ہڈسن نے فائر کیا جس کے ساتھ ہی تیر چلانے والا وہ دیو زمین پر گرا اور پھر اسی وقت اُٹھ کھڑا ہوا۔ بجلی کی سی سرعت سے اُس نے اپنی کمان سے ایک اور تیر چلایا جو سنسناتا ہوا

میرے قریب سے گزر کر ہمارے پیچھے موجود درخت میں پیوست ہو گیا۔ وہ دوبارہ کمان پر تیر چڑھا رہا تھا کہ معاً ہم نے ایک ساتھ گولیاں داغ کر اُسے زمین پر گرا دیا۔ ہم نے کئی منٹ انتظار کیا لیکن اس نے کوئی حرکت نہ کی۔

میں نے ہڈسن کے بازو سے تیر نکالا اور کس کر پٹی باندھ دی۔ اب ہم لاش کے قریب گئے۔ وہ لحیم شحیم شخص اسی طرح بے حس و حرکت پڑا رہا۔ ہم ڈرتے ڈرتے اُس کے قریب پہنچے۔ مسٹر ہڈسن نے اسے ٹھوکر ماری۔ میں نے جھنجھوڑ کر دیکھا تو اُسے مردہ پایا، اس کا گاڑھا گاڑھا خون بہ کر ندی کی طرف جا رہا تھا۔ بہتے ہوئے لہو کے پاس ہی گراہٹی قبیلے کی ایک عورت کی برہنہ لاش پڑی تھی جس کی گردن پر تیز دانتوں کے نشان تھے۔ گردن سیاہ ہو رہی تھی جس کا مطلب تھا کہ اس کا لہو پی لیا گیا تھا۔

انہیں وہیں چھوڑ کر ہم چڑیل کے تعاقب میں غار میں داخل ہوئے۔ غار میں گھپ اندھیرا تھا۔ ہم نے ٹارچ روشن کر کے دیکھا۔ اس غار میں شیروں اور چیتوں کی کھالیں بچھی ہوئی تھیں اور ان کھالوں کے فرش پر مرے ہوئے کچھوے، سانپوں کی کینچلی اور سوکھی ہوئی کئی انسانی کھوپڑیاں رکھی ہوئی تھیں۔ ’’یہ مان سنگھ کے کپڑے پڑے ہیں۔‘‘ امر سنگھ چلایا پھر وہ مان سنگھ کی پگڑی اور انگرکھے کو دیکھ کر رو پڑا۔ ایک بھائی کی محبت دیکھ کر میں اور مسٹر ہڈسن بھی آبدیدہ ہو گئے اور پھر ایک انجانے خوف سے ہم کانپ اُٹھے۔ اسی جگہ سہمی ہوئی وہ چڑیل کھڑی تھی۔ ہم اسے غار سے باہر لے آئے۔ وہ خوفزدہ ہرنی کی طرح ہمیں دیکھ رہی تھی۔

وہ نازک اندام اور بے حد حسین عورت تھی۔ اس کے حسن کو خوفناک پہاڑوں اور ہیبت ناک غاروں کی زندگی بھی پامال نہ کر سکی تھی۔ میں نے بندوق کی نالی اس کے سینے پر رکھ کر اُسے بہت ڈرایا دھمکایا کہ بتاؤ تم کون ہو اور اس خوفناک کہانی کا پس منظر کیا ہے مگر

اس نے کوئی جواب نہ دیا۔ وہ پاگلوں کی طرح پلکیں جھپکائے بغیر ہمیں دیکھتی رہی۔ اس کے حسین چہرے پر ایسی معصومیت تھی کہ ہمیں اس پر ترس آنے لگا اور ہم اس درندہ صفت عورت کی بھولی صورت سے متاثر ہوئے بغیر نہ رہ سکے۔ اسے زیادہ تکلیف اور ایذا دینا ہمارے بس سے باہر تھا۔ وہ حسرت ویاس کا مجسمہ بنی ہمارے سامنے کھڑی تھی۔ اتنے میں امر سنگھ غار سے ایک ڈائری لے کر نکلا۔ ڈائری خاصی بوسیدہ اور پرانی تھی۔ مختلف اوراق پر درج تحریروں سے اندازہ ہوتا تھا کہ یہ اندراج مختلف اوقات میں شدید عجلت میں کیا گیا تھا۔ البتہ ابتدائی چند ماہ کا احوال خاصی صاف ستھرے انداز میں کیا گیا تھا۔ ڈائری میں جو کچھ درج تھا اُسے پڑھ کر مجھ جیسے شخص کے بھی رونگٹے کھڑے ہو گئے۔ میں کبھی حیرت سے ڈائری کو دیکھتا تو کبھی اُس حسینہ کو جسے چڑیل ماننے پر دل و دماغ دونوں ہی تیار نہ تھے۔ ڈائری میں درج کہانی کا خلاصہ کچھ یوں ہے۔

"میں ایک کروڑ پتی سیٹھ کی اکلوتی بیٹی اور بمبئی کی رہنے والی ہوں۔ میرے پتی دیو چتر سنگھ کا دیس جو دھپور ہے۔ میرا پتی دیو بہت سندر ہے لیکن اس کا من سیاہ ہے۔ وہ بڑا دھوکے باز اور بے وفا ہے۔ جادوگر نے مجھ سے وعدہ کیا ہے کہ اگر تم نے چالیس انسانی لاشوں پر بیٹھ کر اشنان کر لیا تو پھر تمہارا پتی دیو اپنی محبوبہ طوائف کو چھوڑ کر تمہارے چرنوں میں آ گرے گا اور پھر تمہارے ایک چاند سا بیٹا پیدا ہو گا۔ جادوگر کے پاس ایک پالتو چیتا ہے جو سدھایا ہوا ہے۔ یہ چیتا، ہرن، سانبھر اور انسان کو شکار کرکے لے آتا ہے اور میں اس آدمی کی لاش پر بیٹھ کر اشنان کرتی ہوں اور پھر چلہ کشی میں مصروف ہو جاتی ہوں۔ جادوگر مجھ سے بہت پریم کرتا ہے لیکن مجھے اس کی خوفناک صورت سے نفرت ہے۔ میرے پتی کی بے اعتنائی اور اس جادوگر کی قربت نے مجھے انسان سے درندہ بنا دیا ہے۔ کبھی کبھی میں انسانی خون پینے کے ساتھ ساتھ شکار کا گوشت بھی کھاتی ہوں۔"

امر سنگھ کی زبانی ڈائری کا مضمون سن کر مسٹر ہڈسن کے آنسو نکل آئے۔ انہوں نے کہا "میرے دوست تھامسن اور مان سنگھ کا قاتل، اس جادوگر کا تربیت یافتہ چیتا ہے۔ یہ پری چہرہ عورت خاوند کی محبت کی ماری ہوئی نفسیاتی مریضہ ہے۔ اسے محبت کی آگ نے انتہا پسند بنا دیا ہے۔ اب یہ بالکل پاگل ہے، ظالم جادوگر نے اپنے جال میں پھنسا کر اس معصوم عورت کی انسانیت مسخ کر دی ہے۔ میرا خیال ہے یہ جادوگر بھی توہم پرست اور دیوانہ تھا اور بالکل درندہ۔ وہ اس پاگل عورت کی دیوانگی سے فائدہ اٹھاتا رہا۔"

ہم اس عورت کو جادوگر کی لاش پر لے گئے۔ وہ پاگلوں کی طرح لاش سے چمٹ کر رونے لگی۔ مسٹر ہڈسن نے اسے جادوگر کی لاش پر سے اٹھایا۔ اس کی پیشانی پر بکھری ہوئی خشک اور سیاہ زلفیں اور اس کا خوبصورت چہرہ جادوگر کے خون سے بھر گیا، بڑا کربناک منظر تھا۔ تھوڑی دیر بعد امر سنگھ نے کہا "آؤ آدم خور چیتے کو تلاش کریں۔ اس بھتنی سے بعد میں نمٹیں گے۔" ہم پہاڑ پر چڑھ کر ادھر ادھر دیکھنے لگے، امر سنگھ اچانک چلایا "دیکھیے صاحب! وہ عورت جادوگر کی لاش کو ندی میں ڈال رہی ہے۔" پہاڑ سے اُتر کر ہم ندی کی طرف دوڑے اسی لمحے جادوگر کی لاش کے ساتھ وہ عورت ندی میں کود گئی۔ ایک دفعہ وہ پانی کی لہروں میں اُبھری اور پھر تیز بہتے ہوئے پانی کی ایک طوفانی موج اُسے اور جادوگر کی لاش کو پہاڑ سے نشیب کی طرف بہا لے گئی۔ مسٹر ہڈسن کو بڑا صدمہ ہوا کہ ہماری غفلت سے اس وحشت ناک کہانی کا اصلی کردار ختم ہو گیا۔ وہ مہ جبیں زندہ رہتی تو بہت سے پراسرار واقعات کا انکشاف ہوتا۔ چیتے کی تلاش میں ہم پھر پہاڑ پر چڑھ گئے۔ خاصی تلاش بسیار کے باوجود جب چیتے کا نام و نشان نہ ملا تو ہم بستی میں واپس آ گئے۔ بستی کے حکیم نے مسٹر ہڈسن کے زخم پر مرہم پٹی کر دی تھی اور اب ان کی حالت خاصی سنبھل گئی تھی۔ بستی والے ہماری بپتا سن کر خاصے حیران ہوئے۔

اگلے روز شام کو کھانا کھا کر ہم چیتے کی تلاش میں نکلے تو اچانک بھیلوں کی جھونپڑیوں کی طرف گیدڑوں نے چیخنا چلانا شروع کر دیا۔ میں نے کہا ''ہمیں چوکنا اور ہوشیار رہنا چاہیے کہیں مسٹر تھامسن اور مان سنگھ کی طرح چیتا ہمیں بھی اپنا لقمہ نہ بنالے کیونکہ گیدڑوں کی یہ تیکھی آواز بے معنی نہیں ہے۔'' ہم پہاڑی جھاڑیوں سے نکل کر غار کے پاس آ گئے۔ غار کے قریب آہٹ سی ہوئی، گھپ اندھیرا تھا کیونکہ اس وقت تک چاند نہیں نکلا تھا۔ پھر غار کے پاس چھوٹی چھوٹی جھاڑیوں میں کھڑکھڑاہٹ ہوئی، میں نے بندوق پر نصب ٹارچ روشن کی تو بڑا لرزہ خیز منظر نظر آیا۔ بالکل شیر سے مشابہ ایک چیتا ایک آدمی کی گردن دبوچے اُس کا خون پی رہا تھا۔ ہماری موجودگی محسوس کر کے اس آدمی کو چھوڑ کر چیتے نے ہماری طرف دیکھا۔ اس کی چمکدار آنکھوں سے چنگاریاں سی اُڑنے لگیں۔ اگلے ہی لمحے میری بندوق سے شعلہ نکلا، چیتا اُچھلا، زمین پر گرا اور پھر اُٹھ کر جو جست لگائی تو میری بندوق پر اس زور کا پنجہ مار کر بندوق ہاتھ سے گر پڑی۔ میں نے اندھیرے میں زور سے ہاتھ چلایا جو چیتے کے جسم پر لگا اور اسی وقت امر سنگھ نے اپنا چاقو اس کے جسم میں گھونپ دیا۔ چیتا گھبرا کر بھاگ پڑا۔ یہ سب کچھ اتنی جلدی ہوا کہ ہم میں سے کوئی ٹارچ روشن نہ کر سکا۔ خدا کا فضل شامل حال تھا جو ایک خونخوار درندے سے دوبدو مقابلے میں ہماری نکسیر تک نہ پھوٹی۔ میں نے بندوق اٹھائی اور پھر ہم غار کے پاس چھوٹی چھوٹی جھاڑیوں میں پڑی لاش کے پاس گئے۔ وہ بدقسمت آدمی مر چکا تھا۔ میں نے ٹارچ روشن کر کے چہرہ دیکھا۔ اس کا منہ دیکھتے ہی میرا دل دھڑکنے لگا اور پھر میرا سانس رُک گیا۔ وہ بھیل سردار کا بھائی چندا تھا۔ چندا کی لاش دیکھ کر ہم پر لرزہ طاری ہو گیا۔ بڑا بھیانک منظر تھا۔ کیا واقعی ندی میں کودنے والی حسینہ چڑیل تھی اور اس نے چیتے کا روپ دھار کر غار کا پتا دینے والے چندا کو ہلاک کر کے اس کا خون پی لیا تھا؟ نہ جانے مجھ میں

کہاں سے ہمت آئی کہ میں اپنے ساتھیوں کے منع کرنے کے باوجود بھیلوں کی جھونپڑیوں کی طرف چل دیا۔

میں ہر لحاظ سے چوکنا تھا۔ جھاڑی کا پتا بھی ہلتا تو میں فائر کرنے کے لیے بندوق کی لبلبی پر ہاتھ لے جاتا تھا۔ میں جھونپڑیوں میں پہنچا تو وہاں کہرام مچ رہا تھا۔ بھیل سردار مجھے دیکھتے ہی چیخ مار کر رو پڑا۔ میں نے اُسے تسلی دی تو وہ کہنے لگا کہ میں نے بہت سر پٹخا کہ آپ لوگ ہم سے مدد نہ لیں اور چڑیل کو ہلاک کرنے کا ارادہ ترک کر دیں لیکن میرے بھائی کو آپ لوگوں نے مروا دیا۔ چیتے کے رُوپ میں چڑیل اُسے چارپائی سے اٹھا کر لے گئی۔

میں نے سردار سے کہا کہ یہ اتفاق ہے جو چیتے نے تمہارے بھائی کو ہلاک کیا ورنہ ہم نے چڑیل اور اس جادوگر کو ہلاک کر کے ندی میں ڈبو دیا ہے اور جادوگر کے سدھائے ہوئے چیتے کو زخمی کر کے ہم نے اس سے چندا کی لاش کو چھڑا لیا ہے۔ یہ سن کر بھیل سردار چند بھیلوں کو لے کر میرے ہمراہ غار پر پہنچا اور پھر چندا کی لاش سے چمٹ کر زار و قطار رونے لگا۔ مسٹر ہڈسن نے اسے تسلی دی کہ رونے سے کچھ نہیں بنتا اب تم ہمارے ساتھ چلو تاکہ آدم خور کو تلاش کر کے اس سے انتقام لیں۔ بھیل سردار نے چندا کی لاش کو جھونپڑیوں میں بھیج دیا اور خود چیتے کے خون کے نشان کے ساتھ ساتھ ہمیں اس غار کے دہانے پر لے گیا جس غار میں چیتا مان سنگھ کو لے کر داخل ہوا تھا۔

چاند چھپ گیا اور دن نکل آیا۔ اس غار میں تازہ خون کا نشان موجود تھا۔ لیکن وہاں چیتا نہیں تھا۔ امر سنگھ نے منہ بنا کر کہا۔ ”مانو نہ مانو، وہ چڑیل اور یہ چیتا ایک ہی چیز ہے۔ چڑیل ندی میں کود کر پھر چیتے کی جون میں چندا کو شکار کر کے ہمارے پاس آئی اور پھر ہم تین تجربہ کار شکاریوں کو جُل دے کر خون کا نشان چھوڑتی ہوئی ہمیں اس غار پر لے آئی جہاں اُس نے تھامسن کو ہلاک اور میرے بھائی مان سنگھ کی لاش کو پراسرار طور پر غائب

کر دیا تھا۔‘‘

جادوگر کی موت، پہاڑی غار میں ڈائری کا ملنا، ڈائری کی انوکھی تحریر، چڑیل کا پاگل بن جانا اور پھر ہمیں اُلو بنا کر جادوگر کی لاش سمیت ندی میں کود جانا، یہ سب ایک عجیب و غریب طلسم خانے کی کڑیاں ہیں۔ یہ ضرور کوئی بلا ہے۔ موقع محل کی رو سے امر سنگھ کی باتیں معقول تھیں۔ اس کی یہ گفتگو سن کر میرا دل ڈوبنے لگا۔ میں نے درود شریف پڑھا، تو میرے قلب میں غیر معمولی قوت عود کر آئی۔ میں نے امر سنگھ سے کہا ’’میں مسلمان ہوں۔ میں ان بے معنی باتوں کو نہیں مانتا۔ جب تک میری جان میں جان ہے میں چیتے کی تلاش جاری رکھوں گا۔‘‘ مسٹر ہڈسن نے میری تائید کی۔

میں نے پھر غار کا بغور جائزہ لیا۔ خدا نے مدد کی اور معمہ حل ہو گیا، غار کی چھت میں ایک بہت بڑا سوراخ تھا۔ وہ سوراخ پہاڑی جھاڑیوں اور لمبی لمبی گھاس میں چھپا ہوا تھا۔ گھاس پر کہیں کہیں تازہ خون کا نشان یہ ظاہر کر رہا تھا کہ رات کو زخمی چیتا اس سوراخ کے ذریعے غار کی چھت پر پہنچا ہے۔ ہم چھت پر پہنچے تو سوراخ کے قریب غار کی چھت پر پرانے خون کے جمے ہوئے بڑے بڑے داغ نظر آئے۔ غور کرنے سے ثابت ہوا کہ چیتا اپنے شکار کو ہلاک کر کے لاش کو غار کے اس سوراخ کے راستے جادوگر کی غار میں لے جانے کا عادی ہے۔ ہم آگے بڑھے تو زخمی چیتے کے لہو کا تازہ نشان پہاڑی درے کے سامنے اونچے اور گھنے درختوں کے جھنڈ میں جا کر ختم ہو گیا۔ جھنڈ میں اندھیرا تھا۔ ہم ٹارچ روشن کر کے اندر داخل ہوئے۔ اُس وقت میں اپنے ساتھیوں سے چند قدم آگے تھا کہ عین اُسی لمحے گھاس میں آہٹ ہوئی۔ اس سے قبل کہ میں صورت حال کا درست اندازہ لگا پاتا، عقب سے چیتے کی غصیلی غراہٹ اُبھری اور میں قطعی غیر ارادی طور پر اُس جانب پلٹ گیا۔ افسوس میری یہ پھرتی کسی کام نہ آ سکی کیونکہ اُس وقت تک چیتا ایک

قریبی درخت کے خاصے موٹے تنے پر سے مجھ پر جست لگا چکا تھا۔ اس کی انگارہ آنکھیں، کھلے پنجے اور خونخوار دہانہ لحہ بہ لحہ میرے قریب آ رہے تھے۔ خدا جانے اُس لمحے مجھے کیا ہوا کہ میں ہاتھوں میں تھمی ہوئی رائفل بھی استعمال میں نہ لا سکا اور چیتے کا جسم اتنی قوت سے میرے بدن کے ساتھ ٹکرایا کہ میں مکمل طور پر اس کے وجود تلے دب گیا۔

آن واحد میں درندہ مجھ سے لپٹ گیا، کسی خونخوار درندے سے مڈبھیڑ کا یہ میرا پہلا موقع تھا اور مجھے قطعی طور پر اندازہ نہ تھا کہ اب میرا انجام کیا ہو گا۔ چیتا میرا شانہ خونخوار انداز میں بھنبھوڑ رہا تھا، عین اُسی لمحے میری دونوں رانیں اُس کے پچھے پنجوں کی زد پر تھیں۔ میں نے اپنے حواس مجتمع رکھتے ہوئے اپنا نچلا دھڑ پوری قوت سے اُٹھانے کی کوشش کی اور چیتے کو اپنے وزن تلے دبانے لگا، میری یہ کوشش تھوڑی ہی دیر میں کارگر ثابت ہوئی اور میرا نچلا دھڑ چیتے کے بوجھ سے آزاد ہو گیا۔ عین اُسی لمحے میری سماعت سے امر سنگھ کی آواز ٹکرائی، وہ کہہ رہا تھا:

''صاحب جی! میں گولی چلانے والا ہوں آپ زمین سے لگے رہیے۔''

اللہ تعالیٰ کا لاکھ لاکھ شکر ہے کہ اُس حالت میں بھی اُس کے فقرے کا مفہوم میری سمجھ میں آ گیا اور میں نے اپنا وجود یک دم ڈھیلا چھوڑ دیا، اب صورت حال یہ تھی کہ چیتا میرے اوپر تھا اور میری کمر مکمل طور پر زمین سے لگی ہوئی تھی جیسے ہی چیتے نے اپنا خونخوار دہانہ میری گردن کی طرف بڑھایا یکے بعد دیگرے دو دھماکے ہوئے اور میرا وجود چیتے کے گرم گرم خون میں نہا گیا۔ میں نے موقع غنیمت جانتے ہوئے کمر بند سے پستول کھینچا اور چیتے کے پیٹ میں یکے بعد دیگرے چھ گولیاں اُتار دیں۔ دیکھتے ہی دیکھتے چیتے کا وجود ٹھنڈا پڑ گیا اور میں نے اُسے خود پر سے دور اُچھال دیا۔

جس وقت مسٹر ہڈسن اور امر سنگھ میری مدد کو آئے طلسمی چیتا مکمل طور پر ہلاک ہو

چکا تھا۔ ان لوگوں نے مجھے بڑی داد دی۔

ہم نے دیکھا کہ وہ چیتا بالکل مثل شیر تھا۔ اس کا تمام جسم گہرے پیلے بالوں سے ڈھکا ہوا تھا اور اس کے بدن پر جا بجا بل کھاتی ہوئی کالے رنگ کی دھاریاں تھیں۔ وہ قد کاٹھ میں چیتوں سے بڑا اور دیکھنے میں شیر معلوم ہوتا تھا۔ بہت ممکن ہے، اس کی ماں گلدار اور باپ شیر ہو، چیتے کے انتخاب میں ہم جادوگر کو داد دیے بغیر نہ رہ سکے۔ میری پہلی گولی نے اس کا سینہ پھاڑ دیا تھا۔ امر سنگھ کے چاقو کا زخم اس کے سر میں تھا۔ اس کے باوجود اس سخت جان درندے نے ہمیں اس قدر تنگ کیا۔

ہم چڑیل کی ڈائری اور جادوگر کا تمام سامان اور چیتے کی لاش لے کر کوہ ارون پہنچے۔ ایجنٹ برائے گورنر جنرل راجپوتانہ نے جادوگر کا سامان اور چیتے کی لاش دیکھی۔ پھر ہندی میں لکھا ہوا ڈائری کا مضمون سنا اور جب مسٹر ہڈسن نے انہیں چڑیل کی پراسرار داستان سنائی تو وہ حیران رہ گئے۔ انہوں نے فوراً تحقیقات کے لیے ایک پولیس افسر کو جودھپور بھیجا۔ تیسرے دن وہ پولیس آفیسر چتر سنگھ کو ساتھ لے کر کوہ ارون آیا۔

چتر سنگھ بڑا سجیلا اور وجیہہ جوان تھا۔ چتر سنگھ نے ایجنٹ برائے گورنر جنرل کو آبدیدہ ہو کر یہ روداد سنائی:

"میں نے بمبئی میں ایک سیٹھ کی لڑکی سے سول میرج کر لی تھی۔ وہ تعلیم یافتہ لڑکی میری ہم مذہب تو تھی لیکن ہماری ذات کی بھی نہ تھی۔ میں راٹھور خاندان سے ہوں۔ راٹھوروں نے میری شادی کے خلاف سخت احتجاج کیا مگر میں نے کوئی پروانہ کی۔ بدقسمتی سے میری دھرم پتنی کے کوئی بچہ نہ ہوا۔ میرے خاندان کے لوگ پہلے ہی اس سے نفرت کرتے تھے پھر انہوں نے بچہ نہ ہونے کا بہانہ تراش کر مجھے تنگ کرنا شروع کیا کہ اس لڑکی کو طلاق دو اور اپنی ذات میں دوسری شادی کرو۔

میں دوسری شادی پر آمادہ نہ ہوا کیونکہ مجھے اس لڑکی سے اور اس لڑکی کو مجھ سے والہانہ محبت تھی۔ پھر میرے خاندان کی عورتوں نے طعنہ زنی سے میری بیوی کو تنگ کرنا شروع کیا اور اسے یہ یقین دلایا کہ چتر سنگھ دوسری شادی اس لیے نہیں کرتا کہ وہ جے پور کی ایک طوائف کی محبت میں گرفتار ہے۔ چونکہ میری بیوی مجھ سے غیر معمولی محبت کرتی تھی اس لیے رقابت کے خیال سے اس کا دل ٹوٹ گیا اور وہ پاگل ہوگئی، میں نے بہت علاج کرایا لیکن وہ اصلی حالت پر نہ آئی اور ایک روز رات کو گھر سے غائب ہوگئی۔ میں نے ملک کا کونہ کونہ چھان مارا۔ مجھے صرف اتنا پتا چلا کہ تارا گڈھ پر ایک جادوگر کے پاس اس شکل کی لڑکی کو دیکھا گیا اور وہ جادوگر چیتوں کے بچے پالتا ہے۔ میں تارا گڈھ پہنچا مگر وہ پُراسرار شخص میری حسین بیوی کو لے کر وہاں سے فرار ہو چکا تھا۔ میں نے پہاڑوں اور جنگلوں کا چپہ چپہ چھان مارا، لیکن مجھے میری بیوی اور وہ سادھو نہیں ملا۔"

میری زبانی اپنی بیوی کی خونی اور ڈرامائی داستان سن کر چتر سنگھ رو پڑا۔ ہم نے اُسے تسلی دی۔ وہ غم زدہ ہو کر چلا گیا۔ اسی وقت ایجنٹ گورنر جنرل نے مجھے چھ سو روپے اور مسٹر ہڈسن اور امر سنگھ کو چار چار سو روپے انعام دیا۔

یہ پُراسرار واقعہ یہیں تمام نہیں ہو جاتا۔ چیتے کے شکار کے کچھ عرصے بعد میں اپنی یونٹ میں واپس آیا تو مجھے شدید بخار نے آن لیا۔ ڈاکٹروں نے بہتیرا علاج کیا لیکن بخار کی کوئی وجہ ان کی سمجھ میں نہ آسکی۔ مجھے فوجی ہسپتال میں داخل کر لیا گیا مگر میری صحت روز بروز گرتی چلی گئی حتیٰ کہ میں اپنی زندگی سے مایوس ہو گیا۔ میری تمام عمر فوجی اور شکاری مہمات سر کرنے میں گزری تھی اور میرے تجربات اس قدر سنسنی خیز تھے کہ اُنہیں آنے والی نسلوں تک نہ پہنچا کر میں ایک طرح سے زیادتی کا مرتکب ہوتا لہٰذا میں نے بستر علالت پر اپنی یادداشتیں لکھوانا شروع کیں۔

طلسمی چیتے کا واقعہ میری زندگی کا آخری شکاری واقعہ ثابت ہوا۔ مجھے یقین ہے کہ مجھے بخار بھی اسی وجہ سے ہوا ہے کہ میں نے چیتے کے ساتھ دوبدو کشتی لڑی۔ وجہ کچھ بھی رہی ہو میں اپنی زندگی سے مایوس ہو چکا ہوں اور اپنی یادداشتوں کی اشاعت تک شاید میں بقید حیات نہ رہوں۔

☆☆☆

قاتل کون

محمد اقبال قریشی

تجسس کے پردے میں لپٹی، قتل کی ایک بے حد اُلجھی ہوئی واردات، جب مقتول نے قاتل پکڑوادیا

''ڈاکٹر صاحب. ڈاکٹر صاحب اُٹھیے، غضب ہو گیا۔'' کسی نے میرا کندھا زور زور سے ہلا کر شدید گھبرائے ہوئے انداز میں کہا، تو میں ہڑبڑا کر جاگ اُٹھا۔ ''کیا بات ہے؟'' خود پر جھکے ہوئے کنڈیکٹر جیمز کا ستا ہوا چہرہ دیکھ کر مجھے کسی گڑبڑ کا احساس ہوا۔

''ڈاکٹر میں معذرت خواہ ہوں۔'' کنڈیکٹر جیمز خوفزدہ لہجے میں بولا۔ ''میرا خیال ہے کہ پیٹر کو کوئی حادثہ پیش آگیا ہے، اسے شاید تمہاری ضرورت ہے۔''

میں اب پوری طرح اپنے حواسوں میں آچکا تھا۔ میں نے ٹٹول کر اپنا بیگ تلاش کیا اور ننگے پیر ہی کنڈیکٹر جیمز کی رہنمائی میں ٹرین کے پچھلے حصے کی طرف چل پڑا۔ چند لمحے بعد ہم پیٹر کے ڈبے کے سامنے موجود تھے۔ اس ڈبے کو زیادہ تر اُسی وقت استعمال کیا جاتا تھا جب ریلوے ملازمین کی تنخواہیں ایک سے دوسرے شہر یا کسی دور دراز گاؤں بھیجنی مقصود ہوتیں۔ میں نے ڈبے کے بند دروازے کو حیرت بھری نگاہوں سے دیکھا اور جیمز کی طرف دیکھنے لگا۔ گاڑی کے مدھم بلب کی روشنی میں جیمز کا چہرہ سفید ہو رہا تھا، اس نے مجھے اشارے سے کھڑکی میں جھانکنے کے لیے کہا۔ میں نے اپنی نگاہیں جیمز کے چہرے سے ہٹا کر کھڑکی میں جما دیں اور پھر اپنی جگہ بُت بن گیا۔ حیرت سے میری آنکھیں پھیل

گئی تھیں۔ بات تھی بھی حیرت والی، پیٹر فرش پر منہ کے بل پڑا تھا، اس کے جسم کے چاروں طرف تھوڑا تھوڑا خون بھی پھیلا نظر آرہا تھا۔ اس کے جسم سے ہٹ کر میری نظریں فوراً تجوری کی طرف گئیں جس کا دروازہ کھلا ہوا تھا اور مجھے یقین تھا کہ وہ خالی ہو چکی ہو گی۔ "ہم اندر کیسے پہنچیں گے؟" میں نے بند دروازے کو دھکا دے کر کھولنے کی ناکام کوشش کرتے ہوئے کہا۔ "دروازہ توڑے بغیر اندر پہنچنا مشکل ہے۔" جیمز نے جواب دیا۔ "میری چابی کام نہیں کرتی۔ اس نے اندر سے چٹخنی لگائی ہوئی ہے۔"

"کیا یہ کھڑکی کھلتی نہیں؟" میں نے کھڑکی کے شیشے کو انگلی سے چھوتے ہوئے پوچھا۔ "یہ صرف اندر سے کھلتی ہے۔" جیمز نے بتایا۔ اس میں اسپرنگ والا خودکار قفل لگا ہے۔ جب اسے بند کیا جاتا ہے تو قفل خود بخود لگ جاتا ہے۔"

میں نے دروازے کے فریم کے چاروں طرف دیکھا مگر کہیں ذرا سی جھری بھی نہیں تھی۔ میں نے گھٹنوں کے بل جھک کر دروازے کے نیچے سے جھانکا مگر وہاں بھی کوئی درز وغیرہ نہیں تھی۔ "ہمیں کسی نہ کسی طرح اندر پہنچنا ہے۔" میں نے کہا "ممکن ہے پیٹر ابھی زندہ ہو۔ کیا چھت میں ہوادان وغیرہ بھی نہیں ہے۔"

"ضرور ہے، لیکن آپ یہیں سے دیکھ سکتے ہیں کہ وہ اندر سے بند ہے۔" "اچھا اُس دروازے کے بارے میں کیا خیال ہے جو عقبی جانب سے کھلتا ہے۔ کیا تم ڈبے کی چھت پر چڑھ کر دوسری طرف جا کر اُسے دیکھ سکتے ہو کہ بند ہے یا کھلا ہوا؟"

"میں کوشش کرتا ہوں۔" جیمز یہ کہہ کر عقبی حصے میں چلا گیا، تھوڑی دیر بعد میں چھت پر اُس کے قدموں کی آوازیں سن رہا تھا۔

میں نے کھڑکی سے جھانک کر عقبی دروازے کو دیکھا۔ وہ بھی اندر سے بند تھا لیکن اس میں لگی ہوئی کھڑکی خاصی بڑی تھی اور آہنی سلاخیں بھی ذرا فاصلے سے لگی ہوئی

تھیں۔ جیمز نے دوسری طرف اُتر کر کھڑکی کا شیشہ توڑ دیا اور سلاخوں کے اندر سے ہاتھ ڈال کر چٹخنی نیچے گرا دی اور اندر پہنچ گیا۔ اس نے جھک کر بے سُدھ پڑے پیٹر کو دیکھا۔ میں نے اپنی طرف والے دروازے کی کھڑکی پر دستک دی تاکہ وہ اس طرف کا دروازہ بھی کھول دے۔ جیمز نے جلدی سے اُٹھ کر دروازہ کھول دیا۔ ”میرا خیال ہے ہمیں دیر ہو چکی ہے۔“ وہ افسردگی سے بولا۔

میں نے آگے بڑھ کر پیٹر کو دیکھا، اس کا دایاں ہاتھ آگے کی جانب پھیلا ہوا تھا۔ میں نے دیکھا کہ اُس نے دم آخر اپنے خون سے کچھ لکھنے کی کوشش کی تھی اور یہ صرف ایک نامکمل لفظ تھا ’زول‘۔ ”یہ مر چکا ہے۔“ میں نے تصدیق کرتے ہوئے اس کے جسم کو ذرا سا اُٹھایا۔ ”سینے پر زخم ہے، ایسا معلوم ہوتا ہے کہ کسی چاقو یا خنجر وغیرہ سے اُسے قتل کیا گیا ہے۔“

”لیکن یہاں کوئی چاقو وغیرہ نظر نہیں آ رہا؟“ جیمز نے تجسس سے اِدھر اُدھر دیکھتے ہوئے کہا۔ ”آخر چاقو کہاں گیا؟“ ”ظاہر ہے قاتل اسے اپنے ساتھ لے گیا۔“ میں نے جواب دیا اور اس کے ساتھ ہی گلوریا کارٹر کے تمام زیورات اور ہیرے وغیرہ بھی۔“

”لیکن ہم نے اس ڈبے کو جدید انداز میں بنایا ہے۔ حفاظت کے ہر پہلو کو مدِ نظر رکھ کر، آخر کوئی اندر کیسے داخل ہوا ہو گا؟“ جیمز نے حیرت زدہ لہجے میں کہا۔ ”ممکن ہے پیٹر نے خود اُسے اندر بلایا ہو۔ مجھے سر دست اس سوال سے زیادہ دلچسپی ہے کہ وہ باہر کیسے نکلا ہو گا۔“ میں نے کچھ سوچتے ہوئے کہا ”اور پیٹر نے یہ نامکمل لفظ لکھ کر کس کی طرف اشارہ کیا ہے؟“

میں اس بھاری دروازے کے پاس پہنچا جس سے میں اندر داخل ہوا تھا اور چھوٹی کھڑکی کا کھٹکا ہٹا کر اسے کھولا، پھر جب میں نے شیشہ بند کیا تو ایک ہلکی سی آواز آئی اور

شیشہ خود بخود بند ہو گیا۔ میرے اندازے کے مطابق یہ کھڑکی تقریباً آٹھ انچ لمبی اور چھ انچ چوڑی تھی۔

''اس چھوٹے سے سوراخ سے تو کوئی بچہ بھی اندر داخل نہیں ہو سکتا؟'' جیمز نے میرے خیالات بھانپ کر کہا۔
''ٹھیک کہتے ہو، لیکن ممکن ہے کہ 'زول' ایسا کر سکتا ہو۔'' میں نے سنجیدگی سے کہا۔
''کیا؟'' جیمز نے حیرت سے کہا اور پیٹر کے مردہ جسم کو دیکھنے لگا۔ اس کی نگاہیں بھی لفظ 'زول' پر جم کر رہ گئی تھیں۔

میں گلوریا کارٹر کے خاندانی وکیل آرتھر کے متعلق سوچنے لگا جس سے میری ملاقات چند گھنٹے قبل اسٹیشن ماسٹر کے کمرے میں ہوئی تھی۔ اُس وقت بھی اس کے چہرے سے پریشانی کے آثار ہویدا تھے۔ اس کے آنے سے قبل اسٹیشن ماسٹر نے مجھے بتایا کہ اس گاڑی سے گلوریا کارٹر نامی ایک امیر خاتون کے قیمتی زیورات گرین ویلی بھیجے جا رہے ہیں تاکہ وہاں ان کی نمائش اور بعد میں انہیں نیلام کے ذریعے فروخت کیا جا سکے اور ان زیورات کو ان کا خاندانی وکیل اپنی نگرانی میں لے جا رہا ہے۔ پھر میں اسٹیشن ماسٹر کی استدعا پر اس ڈبے تک آیا تھا تاکہ اگر خدانخواستہ کوئی حادثہ پیش آ جائے تو گواہی دے سکوں کہ آرتھر نے کتنے زیورات اور ہیرے وغیرہ تجوری میں رکھوائے تھے۔ میں نے گھوم پھر کر اس چھوٹے سے ڈبے کا اچھی طرح جائزہ لیا تھا اور اسے ہر طرح محفوظ پایا تھا۔ ڈبے میں موجود تجوری بھی جدید انداز کی تھی اور مخصوص نمبروں سے کھلتی تھی۔ میں نے محسوس کیا تھا کہ آرتھر کا چہرہ ڈبے کا جائزہ لینے کے بعد پر سکون ہوتا جا رہا ہے۔ اس

وقت کمرے میں میرے اور آرتھر کے علاوہ کنڈیکٹر جیمز اور کنڈیکٹر پیٹر بھی موجود تھا۔ پھر آرتھر نے اپنی جیب سے ایک کاغذ نکال کر مجھے دیا۔ اس کاغذ پر ان تمام زیورات اور ہیروں کی تفصیل درج تھی جو آرتھر اپنے ساتھ لیے جا رہا تھا۔ پھر اس نے میرے اور جیمز کے سامنے تمام زیورات اور نایاب ہیرے ایک ایک کر کے اس تجوری میں رکھ دیے تھے۔ ان زیورات اور ہیروں کو دیکھ کر کم از کم میرے تو چودہ طبق روشن ہو گئے تھے۔ وہ کسی ملکہ کے زیورات معلوم ہو رہے تھے۔ ان میں سے ہر ایک دوسرے سے بڑھ چڑھ کر تھا۔ میرے اندازے کے مطابق ان سب کی قیمت کا اندازہ کم سے کم اندازہ سات یا آٹھ لاکھ ڈالر تھا۔ فہرست کے مطابق تمام زیورات موجود تھے۔ آرتھر نے زیورات تجوری میں رکھ کر سکون کی سانس لی تھی۔ پیٹر نے ہمارے سامنے تجوری کا دروازہ زور سے بند کر کے اسے مخصوص انداز میں خفیہ عددی ملاپ کے ذریعے بند کر دیا تھا۔ تجوری کا بھاری بھرکم دروازہ مضبوطی سے بند ہو چکا تھا۔ ان زیورات اور ہیروں کی حفاظت کے لیے پیٹر کی ڈیوٹی اسی ڈبے میں تھی۔ ہم اپنے ڈبے کی طرف بڑھنے لگے تو میں نے خاص طور پر یہ محسوس کیا تھا کہ پیٹر نے ہمارے نکلتے ہی دروازہ بند کر لیا ہے۔ جیمز کچھ خاموش سا تھا اور مجھے بتائے بغیر پیچھے رہ گیا تھا۔ اپنے ڈبے میں داخل ہو کر میں نے گردوپیش پر ایک سرسری نظر ڈالی، ڈبے میں زیادہ افراد نہیں تھے۔ آرتھر کو پانچ نمبر کی نشست ملی تھی اور مجھے نو نمبر کی، میری نشست کے سامنے والی نشست پر ایک سنہرے بالوں والی لڑکی دراز تھی۔ اس کے ہاتھ میں ایک فلمی رسالہ تھا۔ دوسری طرف کی نشست پر ایک گنجے سر والا آدمی خراٹے لے رہا تھا۔

☆☆

''کیا ہوا، کیا ہوا؟'' میرے خیالات کا تسلسل آرتھر کی گھبرائی ہوئی آواز سے ٹوٹ گیا جو اس دوران وہاں پہنچ چکا تھا۔ میں نے مڑ کر آرتھر کی طرف دیکھا جس کے چہرے پر ہوائیاں اُڑ رہی تھیں اور آنکھیں خوف سے پھیل گئی تھیں۔ ''ڈاکٹر، سب خیریت تو ہے، میرے زیورات؟'' آرتھر اکیلا نہیں آیا تھا۔ اس کے ساتھ سنہرے بالوں والی لڑکی بھی تھی۔ میں نے اس لڑکی کو ہاتھ کے اشارے سے روکا۔ ''بہتر ہو گا کہ تم اندر نہ جاؤ، یہ کوئی خوش گوار منظر نہیں ہے؟'' میں بولا۔ ''تم واپس اپنی نشست پر جا کر سونے کی کوشش کرو۔''

''کیا یہاں کسی کو قتل کر دیا گیا ہے؟'' وہ عجیب سے لہجے میں بولی۔

''ہاں۔'' میں نے جواب دیا۔ ''اب یہ مناسب ہو گا کہ تم اپنی نشست پر واپس چلی جاؤ، شاباش۔''

''نہیں۔'' وہ بولی۔ ''میں یہیں رکوں گی، مجھے وہاں اکیلے ڈر لگے گا۔''

میں کندھے اُچکا کر رہ گیا اور آرتھر کی طرف متوجہ ہو گیا جو خالی تجوری کے سامنے گھٹنوں کے بل جھک کر یوں اندر جھانک رہا تھا جیسے اُسے ابھی تک زیورات چوری ہونے کا یقین نہ آیا ہو۔ ''زیورات اور ہیرے میری ذمہ داری تھے۔'' وہ بھرائی ہوئی آواز میں بولا۔ ''ان کی چوری میرا مستقبل تباہ کر دے گی، میں کہیں منہ دکھانے کے قابل نہیں رہوں گا۔''

''ہم دیکھتے ہیں کہ اس سلسلے میں تمہاری کیا مدد کی جا سکتی ہے۔'' میں نے اُسے دلاسا دیتے ہوئے کہا۔

آرتھر نے امید بھرے انداز سے میری طرف دیکھتے ہوئے کہا اور پھر مایوسی سے سر کو نفی کے انداز میں ہلا دیا۔ میں جیمز کی طرف متوجہ ہو گیا۔

"کیا تمہیں یقین ہے کہ پچھلے اسٹیشن سے روانہ ہونے کے بعد ریل گاڑی اب تک کسی جگہ نہیں رکی؟" میں نے اپنے ذہن میں ابھرنے والے ایک نئے خیال کے تحت جیمز سے پوچھا۔

"جی ہاں۔" اس نے اپنی گھڑی دیکھتے ہوئے کہا۔ "پہلی منزل 'بلیو لیک' ہے جو تقریباً دس منٹ بعد آنے والی ہے۔"

گاڑی اپنی پوری رفتار سے شور مچاتی ہوئی 'بلیو لیک' کی طرف بڑھ رہی تھی۔ میں نے کھڑکی سے باہر جھانک کر دیکھا چند لمحے تک میں اندھیرے میں آنکھیں پھاڑے دیکھتا رہا، وہ ایک چٹیل میدان تھا جہاں پتھروں کے ڈھیر ہیولوں کی صورت میں نظر آ رہے تھے۔ میں نے ایک لمبا سانس لیا اور گردن اندر کر لی۔ میں جیمز کی طرف مڑا اور اس کی آنکھوں میں دیکھتے ہوئے بولا "اور اس دوران گاڑی ساٹھ میل فی گھنٹہ کی رفتار سے چلتی رہی ہے؟"

"بلکہ شاید اس سے بھی زیادہ۔" جیمز اعتماد سے بولا۔ "صرف اس علاقے میں آکر رات کے وقت رفتار کچھ کم کر دی جاتی ہے۔"

"کیا تمہارے خیال میں کوئی شخص اس رفتار سے چلتی گاڑی سے کود سکتا ہے؟" میں نے ایک امکانی سوال مد نظر رکھتے ہوئے پوچھا۔

"ناممکن۔" جیمز بولا۔ "اس علاقے میں پٹری کے دونوں طرف پتھریلی زمین ہے۔ اگر کسی نے ایسی احمقانہ کوشش کی ہو گی تو اس کا زندہ بچنا ناممکن ہے۔"

"چنانچہ ہم یہ نتیجہ اخذ کر سکتے ہیں کہ قاتل ابھی تک گاڑی میں موجود ہے، بہتر ہو گا کہ تم ڈرائیور کو بتا دو کہ ہم 'بلیو لیک' پر اس واردات کی پولیس کو اطلاع دیں گے اس لیے روانگی میں کچھ تاخیر ہو سکتی ہے۔"

"مجھے یہی ڈر تھا کہ میں اپنے پسندیدہ مقام پر ایسے وقت نہیں پہنچ سکوں گی۔" سنہرے بالوں والی لڑکی نے ایک گہری سانس لے کر کہا۔ "کہ سورج طلوع ہونے کے منظر کی تصویر کشی کر سکوں۔" میں سرسری نگاہوں سے اس کا جائزہ لیتے ہوئے بولا۔ "میرا خیال ہے تم نے ابھی تک اپنا تعارف نہیں کرایا۔ ویسے مجھے ڈاکٹر کہتے ہیں، ڈاکٹر مارک۔"

"میرا نام جینیفر وکٹر ہے۔" وہ ایک ادائے ناز سے مسکراتے ہوئے بولی۔ "میرا تعلق پیرس سے ہے اور میں مصورہ ہوں، لوگ کہتے ہیں 'گرین ویلی' کی صبحیں بہت حسین ہوا کرتی ہیں اور سورج نکلنے کا منظر بہت دلکش ہوتا ہے میں اس منظر کی تصویر کشی کرنے جا رہی ہوں۔"

میں نے ایک ہنکارا بھرا۔ "کیا تم یہ بتا سکتی ہو کہ گزشتہ ایک گھنٹے کے دوران تم نے کوئی غیر معمولی آواز تو نہیں سنی؟"

"جی نہیں!" جینیفر نفی میں سر ہلاتے ہوئے بولی۔ "جب آپ ڈبے میں داخل ہوئے تھے اس وقت میں جاگ رہی تھی، تھوڑی دیر بعد میں گہری نیند سو گئی تھی اور اس شخص کے شور مچانے پر میری آنکھ کھلی تھی۔" اس نے آرتھر کی طرف اشارہ کیا۔

آرتھر اب تجوری چھوڑ کر پیٹر کی لاش کو گھور رہا تھا۔ وہ پیٹر کی لاش کو ایسے دیکھ رہا تھا جیسے اسے سکتہ ہو گیا ہو، مجھے آرتھر کی ذہنی کیفیت کا اندازہ تھا۔ ڈاکٹر ہونے کے ناتے اسے میری ضرورت تھی۔ میں آہستہ آہستہ چلتا ہوا اس کے پاس آ کھڑا ہوا۔ اس نے چونک کر میری طرف دیکھا "آرتھر تمہیں آرام کی ضرورت ہے۔" میں نے اس کا کندھا تھپتھپاتے ہوئے کہا۔ "میں یہاں موجود ہوں اور جو کچھ مجھ سے بن پڑے گا میں کروں گا۔"

"اگر یہ کمرہ اندر سے مقفل تھا تو قاتل کس طرح اندر آیا؟" وہ میری بات نظر انداز کرتے ہوئے بولا۔ "اور پیٹر کو قتل کر کے تمام زیورات سمیت کس طرح باہر نکلا؟"

"کئی الجھی ہوئی باتوں میں سے ایک یہ بھی ہے۔" میں نے تسلیم کیا۔ "اگرچہ بظاہر یہ ناممکن معلوم ہوتا ہے۔"

"مگر عملاً ایسا ہو چکا ہے۔" جیمز نے ہاتھ ملتے ہوئے کہا۔ "یہ درست ہے۔ چور انتہائی شاطر معلوم ہوتا ہے؟"

میں نے کچھ سوچتے ہوئے پوچھا۔ "اچھا تم مجھے یہ بتاؤ کہ گاڑی میں ایسے کتنے افراد ہیں جنہیں تجوری کے قفل کے نمبر معلوم تھے؟"

"صرف مجھے اور پیٹر کو۔" جیمز نے جواب دیا۔ "لیکن وہ تمام کنڈیکٹر جو ماضی میں اس ٹرین میں سفر کر چکے ہیں اس بات سے ضرور واقف ہوں گے۔"

"چنانچہ سوائے اس صورت کے کہ کسی مسافر نے کسی اور ذریعے سے قفل کا نمبر معلوم کر لیا ہو یہی کہا جا سکتا ہے کہ تجوری کو تم نے کھولا ہو گا یا پھر پیٹر نے۔"

"کیا؟" جیمز کا منہ حیرت سے کھل گیا۔ جلد ہی وہ اپنی حالت پر قابو پاتے ہوئے بولا۔ "یہ تم کیا کہہ رہے ہو ڈاکٹر؟ یقین کرو میں نے تجوری کا دروازہ نہیں کھولا۔" پھر وہ ایک لمحے کے لیے رکا اور اپنی بات میں وزن پیدا کرتے ہوئے دوبارہ گویا ہوا۔ "اگر ایک لمحے کے لیے یہ تصور کر لیا جائے کہ یہ سب کچھ میں نے کیا ہے تو ڈاکٹر مجھے بتاؤ کہ میں بند کمرے میں کس طرح داخل ہوا اور پھر باہر کیسے آیا؟"

"پیٹر خود تمہارے لیے دروازہ کھول سکتا تھا۔" میں نے ہوا میں خیالی تیر چلاتے ہوئے کہا۔

"لیکن وہ آرتھر کے لیے بھی ایسا کر سکتا تھا؟" جیمز نے بے بسی کے انداز میں اس طرح کہا جیسے کوئی ڈوبنے والا تنکوں کا سہارا لیتا ہے۔ "یہی نہیں بلکہ پیٹر اس کے کہنے سے تجوری بھی کھول سکتا تھا آخر وہ اس کے زیورات تھے۔"

"تمہاری اتنی ہمت۔" آرتھر یہ سن کر اچھل پڑا اور غصے میں جیمز سے اُلجھ گیا۔ "تم مجھے موردِ الزام ٹھہرانا چاہتے ہو۔

میں اپنی ہی حفاظت میں لے جائے جانے والے زیورات چوری کروں گا۔ چور. قاتل، تم ہو۔"

"ختم کرو یہ جھگڑا۔" میں نے تحکمانہ لہجے میں کہا اور ان دونوں کو الگ کر دیا۔ "ہم آپس میں لڑ کر کسی نتیجے پر نہیں پہنچ سکتے۔ پیٹر مر چکا ہے اور قاتل ابھی تک گاڑی میں ہے۔ چند منٹ بعد ہم 'بلیولیک' پہنچنے والے ہیں۔ ہمیں وہاں کے شیرف کے سوالات کا سامنا کرنا ہو گا۔ اس لیے یہ زیادہ مناسب ہو گا کہ ہم پہلے اپنے طور پر صورت حال سمجھنے کی کوشش کریں۔" "مجھے کوئی اعتراض نہیں ہے۔" آرتھر نے ایک جھٹکے سے کہا۔ "مجھے صرف اپنے زیورات واپس چاہیں۔"

"میرا خیال ہے کہ تمہیں اس شخص کی زیادہ فکر ہونا چاہیے جو تمہارے زیورات بچانے کی کوشش میں اپنی جان سے ہاتھ دھو بیٹھا ہے۔" جینیفر نے طنزیہ لہجے میں کہا۔ "کم سے کم اس کی لاش پر کوئی چادر وغیرہ ہی ڈال دو۔"

میں نے جینیفر کی طرف دیکھا اور سر کو اثبات میں ہلاتے ہوئے پیٹر کے بستر سے کمبل اٹھا کر اس کی لاش پر ڈال دیا، کمبل ڈالتے ہوئے اچانک میرے ذہن میں ایک جھماکا سا ہوا۔ "یہ کنڈیکٹر کی وردی جو اس نے پہن رکھی ہے؟" میں نے جیمز سے سوال کیا۔ "کیا یہ وہی ہے جو پہلے پہنے ہوئے تھا۔ میرا مطلب ہے جب ہم اس سے آخری بار ملے

تھے۔'' ''بالکل وہی ہے۔ ہم اپنے ساتھ رات کے سفر کے لیے دو وردیاں نہیں رکھتے۔'' جیمز بولا۔ ''کل صبح تک ہم اپنے گھر واپس پہنچ چکے ہوں گے۔''

''اور گاڑی میں کتنے مسافر ہیں؟'' میں نے پوچھا۔

''ڈاکٹر صاحب یہ تو آپ کو معلوم ہی ہو گا کہ یہ مسافر گاڑی کم اور مال گاڑی زیادہ ہے۔'' جیمز تفصیل بتاتے ہوئے بولا ''اس ٹرین میں مسافروں کے لیے صرف دو ڈبے لگائے جاتے ہیں۔'' ''مجھے یہ سب معلوم ہے۔'' میں نے جھنجھلا کر کہا۔ ''مجھے، صرف یہ بتاؤ کہ گاڑی میں کل کتنے مسافر سوار ہیں۔''

''وہی بتا رہا ہوں ڈاکٹر۔'' جیمز بولا۔ ''یہ اتفاق کی بات ہے کہ آج رات بہت کم مسافر ہیں۔ دوسرے الفاظ میں صرف اتنے ہی ہیں جتنے اس وقت یہاں موجود ہیں۔ تم لوگوں کے علاوہ ایک صاحب اور ہیں، والٹ ڈریز۔''

''مسافر ڈبے کے ساتھ جو ڈبّا لگا ہے اس میں کون ہے؟'' میں نے پوچھا۔

''وہ خالی ہے۔'' جیمز جلدی سے بولا۔ '' اور اس کے ساتھ ساتھ میں یہ بھی بتا دوں کہ گاڑی کے عملے میں ایک انجینئر اور ایک فائرمین بھی ہے نیز 'بلیولیک' سے مال اتارنے اور چڑھانے کے لیے ایک آدمی گاڑی میں سوار ہو گا۔''

''اچھا آؤ پہلے والٹ صاحب سے ملاقات کر لیں۔'' میں نے کہا۔ ''ہو سکتا ہے وہ اس معاملے میں ہماری کوئی مدد کر سکیں۔''

''مسافر ڈبے میں داخل ہو کر میں نے ایک طائرانہ نظر ڈبے پر ڈالی۔ میری نگاہیں دو سوٹ کیسوں پر جم گئیں جو چوبی تختوں کے اوپر رکھے ہوئے تھے۔ میں چند لمحے تک انہیں دیکھتا رہا پھر میں والٹ کی طرف متوجہ ہو گیا جو شاید گہری نیند سو رہا تھا۔ جیمز نے اسے نیند سے بیدار کیا تو وہ غصے سے بے قابو ہو گیا۔

''کیابات ہے؟'' اس نے آنکھیں مَلتے ہوئے پوچھا۔ ''چلے جاؤ یہاں سے۔''

''ذرا نشست سے باہر نکل کر بات کرو تو بتایا جائے۔'' میں بولا ''معاملہ ہی کچھ ایسا ہے کہ آپ کو اس وقت ناحق تکلیف دینا پڑی۔''

جب وہ نشست سے باہر نکلا تو میں نے دیکھا کہ وہ ایک گنجے سر والا دراز قامت شخص ہے۔

میرے ذہن میں یہ خیال در آیا تھا کہ یہ چوری کسی چھوٹے قد والے آدمی نے نہ کی ہو، میں اپنے اس پہلو پر توجہ سے غور کر رہا تھا اور 'زول' کے بارے میں بھی سوچ رہا تھا۔

''ہاں اب بتاؤ آخر مجھے آدھی رات کو جگانے سے تمہارا کیا مقصد ہے؟'' اس نے غصے میں پوچھا۔ اس کے تیور بتا رہے تھے کہ اگر اسے کوئی معقول جواب نہ ملا تو وہ لڑ پڑے گا۔

''گاڑی میں ایک قتل ہو گیا ہے، والٹ صاحب۔'' میں نے بغیر کسی تمہید کے کہنا شروع کیا ''ہمیں تفتیش کے سلسلے میں ہر مسافر کے تعاون کی ضرورت ہے۔'' ''قق. قتل؟'' والٹ کی آنکھیں پھیل گئیں۔

''ہاں۔'' میں بغور اسے دیکھتے ہوئے بولا ''تجوری والے چھوٹے کمرے میں۔''

''میرے خدا، آج کل کوئی بھی محفوظ نہیں ہے۔'' والٹ سراسیمہ لہجے میں بولا۔

اس سے آگے میں نے اُس سے کوئی بات نہ کی کیونکہ گاڑی کی رفتار آہستہ ہونے لگی تھی یہاں تک کہ وہ بالکل رُک گئی۔ اس وقت دو بج کر پچیس منٹ ہوئے تھے اور گاڑی ''سبز جنت'' کے اسٹیشن میں داخل ہو چکی تھی۔ گاڑی رکنے کے آدھ گھنٹے بعد ہی 'بلیولیک، کا شیرف ایڈگر اپنے ماتحتوں کے ساتھ ہمارے ڈبے میں داخل ہو گیا۔ اس نے ایک نگاہِ غلط ہم سب پر ڈالی اور تجوری والے کمرے میں گھس گیا۔ اس نے لاش دیکھی، کچھ بڑبڑایا اور اپنے ماتحتوں کو ہدایات دینے لگا۔ اس نے کچھ ماتحتوں کو یہ بھی ہدایت کی

کہ وہ چوری شدہ زیورات کے لیے گاڑی کی تلاشی لیں۔ ”زیورات اور ہیرے پندرہ ڈبوں میں بند تھے۔“ آرتھر نے اسے بتایا۔ ”اور سب سے بڑے ڈبے کی لمبائی دس انچ اور چوڑائی آٹھ انچ تھی۔“

”بشرطیکہ زیورات اب بھی اپنے ڈبوں میں ہوں۔“ میں نے کہا۔

”کیا مطلب؟“ آرتھر حیرت سے بولا۔

”چور زیورات کے ڈبے چلتی ٹرین سے کہیں بھی پھینک سکتا ہے اور زیورات اس سے کہیں زیادہ چھوٹی جگہ چھپا سکتا ہے۔“

”اگر وہ ابھی تک گاڑی پر ہیں تب ہم انہیں تلاش کر لیں گے۔ یہاں تک کہ مسافروں کے سامان کی تلاشی بھی لیں گے۔“ شیرف نے کہا مگر مجھے اُمید نہیں تھی کہ شیرف یا اس کے ماتحت زیورات اور ہیرے پانے میں کامیاب ہو جائیں گے اور وہ ہوئے بھی نہیں۔ ایک ایسا ہوشیار قاتل جو بند کمرے میں سے باہر نکلنے میں کامیاب ہو سکتا ہے، زیورات کو بھی ایسی جگہ چھپا سکتا ہے جہاں انہیں تلاش نہ کیا جا سکے۔

”وہ زیورات بہت قیمتی تھے۔“ آرتھر نے شیرف کی ناکامی کے بعد اس سے کہا۔ ”تمہیں بہر صورت انہیں برآمد کرنا ہے۔“

”ریلوے کا وقت بہت قیمتی ہے۔“ جیمز نے ناگواری سے کہا۔ ”ہم زیادہ دیر یہاں نہیں رُک سکتے۔“

میں نے محسوس کیا کہ ان دونوں کے درمیان ایک بار پھر جھگڑا ہونے لگا ہے، تو میں نے درمیان میں مداخلت کی۔

”ممکن ہے میں کچھ مدد کر سکوں۔“ میں پر سکون لہجے میں بولا۔ ”ہم یہ بھولے جا رہے ہیں کہ مقتول نے ہمارے لیے ایک پیغام چھوڑا تھا، ایسا پیغام جس سے اس کے قاتل

کا اشارہ ملتا ہے، بد قسمتی سے وہ نا مکمل رہا، موت نے اُسے اتنی مہلت نہ دی کہ وہ اسے مکمل کر سکتا۔ اگر اس لفظ کو مکمل کر لیا جائے تو مجھے یقین ہے کہ ہم قاتل تک با آسانی پہنچ جائیں گے۔“

کمرے میں سناٹا چھا گیا۔ تھوڑی دیر بعد میں سناٹے کو توڑتے ہوئے بولا۔ ”میرا ایک خیال یہ بھی ہے کہ ہو سکتا ہے یہ چوری کسی چھوٹے قد والے آدمی نے کی ہو اور یہ اشارہ اُسی کی طرف ہو۔“

”چھوٹے قد والا آدمی۔“ جیمز نے میری طرف دیکھتے ہوئے پوچھا۔ ”کیا مطلب؟“

”کیا اس گاڑی سے متعلق اب یا کبھی پہلے کوئی چھوٹے قد والا آدمی رہ چکا ہے۔“ میں نے سوال کیا۔ ”یا گاڑی کے عملے میں یا مسافر کی حیثیت سے؟“

جیمز نے نفی میں سر ہلایا۔ شیرف بہت مضطرب نظر آ رہا تھا۔ ”یہ چھوٹے قد والا آدمی درمیان میں کہاں سے آ گیا؟“ اُس نے پوچھا۔

”پیٹر کو ایک بند کمرے میں مقتول پایا گیا۔“ میں نے وضاحت کی۔ ”لیکن میں تمہیں ایک ایسا راستہ دکھا سکتا ہوں جس کے ذریعے ایک چھوٹے قد والا آدمی یہ واردات کر سکتا تھا۔“

ہم لوگ تجوری والے ڈبے میں واپس گئے تو میں یہ دیکھ کر حیران رہ گیا کہ والٹ فرش پر خون کے نشانات دیکھ رہا تھا۔ پیٹر کی لاش اسپتال بھجوا دی گئی تھی۔ وہ ہمیں دیکھ کر چونک پڑا۔

مجھے اس کی یہاں موجودگی کا خیال تک نہیں آیا تھا۔ شیرف پہلے ہی اس سے سوالات کر چکا تھا جس کے نتیجے میں معلوم ہوا کہ وہ ایک سفری سیلز مین ہے اور اکثر رات

کو گاڑی سے سفر کرتا ہے۔ والٹ نے یہ بات بھی جتا دی تھی کہ اُسے مقتول کنڈیکٹر، چوری شدہ ہیروں اور قیمتی زیورات سے کوئی دلچسپی نہیں۔"

"ویسے یہ واردات انتہائی خوفناک ہے۔" اس نے پژمردہ لہجے میں کہا اور حیرت کی بات تو یہ ہے کہ قاتل بند کمرے سے کس طرح نکل گیا۔ کیا وہ کوئی چھلاوا تھا؟

"والٹ صاحب، قاتل انتہائی ہوشیار آدمی معلوم ہوتا ہے۔" میں نے کہا۔ "مجھے یقین ہے کہ اگر یہ گتھی سلجھ جائے تو قاتل ہماری گرفت میں ہو گا۔"

تم ہمیں یہاں یہ دکھانے لائے تھے کہ کس طرح ایک چھوٹے قد والا آدمی کنڈیکٹر پیٹر کو قتل کر کے یہاں سے فرار ہو سکتا ہے؟" شیرف ایڈگر، والٹ کو گھورتے ہوئے مجھ سے مخاطب ہوا۔

"پہلی بات تو یہ کہ چھوٹے قد کے آدمی کے لیے یہاں چھپنے کی بڑی گنجائش ہے۔ تجوری کے پیچھے بھی کافی جگہ ہے یا پھر وہ ان ڈبوں کے پیچھے پوشیدہ رہ سکتا ہے جو کمرے میں رکھے ہیں۔ ان مقامات پر ایک عام آدمی چھپنے میں دقت محسوس کر سکتا ہے، لیکن ایک پستہ قد آدمی کے لیے یہ کام بہت آسان ہے۔"

"تمہارے کہنے کا مطلب یہ ہے کہ جب پیٹر نے اس کمرے کا دروازہ بند کیا تو وہ آدمی پہلے سے یہاں چھپا ہوا تھا۔" شیرف میری بات کا مطلب سمجھتے ہوئے بولا۔

"ہاں" میں پر یقین لہجے میں بولا۔

"اور وہ اس وقت بھی یہاں چھپا ہوا تھا جب تم لوگ اس کمرے کا عقبی دروازہ کھول کر اندر داخل ہوئے؟"

"نہیں۔" میں بولا۔ "یہ ممکن نہیں تھا۔ اگر وہ کہیں چھپا ہوا ہوتا تو جیمز عقبی دروازے سے داخل ہوتے اُسے ضرور دیکھ لیتا۔ کیونکہ وہاں سے اُسے تجوری کے یا ان

ڈبوں کے پیچھے دیکھنا ممکن تھا۔" "تب پھر وہ پستہ قد آدمی بند کمرے سے باہر کس طرح نکلا؟" شیرف میری طرف طنز بھری نگاہوں سے دیکھتا ہوا بولا۔

میں کمرے کے بیرونی دروازے کی طرف بڑھا جس میں چھوٹی کھڑکی لگی تھی۔ "اس کھڑکی کو دیکھ رہے ہو۔" میں کھڑکی کی طرف اشارہ کرتے ہوئے بولا۔ "یہ کھڑکی دوسری کھڑکیوں کے برعکس اندر سے کھول کر باہر سے بھی بند کی جاسکتی ہے اور اتنی چھوٹی ہے کہ ایک اوسط آدمی تو اس میں سے باہر نہیں نکل سکتا، لیکن ایک چھوٹے قد والے آدمی کے لیے اس کھڑکی سے نکلنا کچھ زیادہ مشکل ثابت نہیں ہو گا۔ وہ اندر سے کھڑکی کھول کر باہر نکلا اور کھڑکی کا شیشہ اپنی جانب کھینچ کر اُسے بند کر دیا پھر کھڑکی کا دروازہ اندر سے خود بخود بند ہو جاتا ہے۔ صرف یہی ایک طریقہ ہے جس کے ذریعے قاتل بند کمرے سے فرار ہو سکتا تھا۔" میں نے محسوس کیا کہ والٹ مجھے تحسین آمیز نظروں سے دیکھ رہا ہے۔ جب میں نے بات ختم کی تو وہ فوراً بولا۔

"بہت خوب ڈاکٹر، تمھیں ڈاکٹر کے بجائے سراغ رساں ہونا چاہیے تھا، کیا نکتہ لائے ہو، بہت شاندار۔"

"ڈاکٹر۔" شیرف نے اُکھڑے ہوئے لہجے میں پوچھا۔ اُسے والٹ کا مجھے اس طرح سراہنا شاید برا لگا تھا۔ "اس چھوٹے آدمی نے پیٹر کو تجوری کھولنے پر کس طرح مجبور کیا ہو گا؟"

"یہ میں نہیں جانتا۔" میں نے کندھے اُچکا کر کہا۔

"کیا اُسے چاقو سے دھمکا کر؟" شیرف نے خود ہی جواب دینے کی کوشش کی۔

"ممکن ہے ایسا ہی ہوا ہو۔" میرا لہجہ اعتماد سے عاری تھا۔

"تمھیں شاید ابھی تک خود اپنے نظریے پر یقین نہیں ہے۔" شیرف پُر اعتماد لہجے

میں بولا۔

"درست ہے۔ کیونکہ ابھی تک اس واردات کے بعد سے ہم کسی ایسے آدمی سے دوچار نہیں ہوئے ہیں جس کا قد چھوٹا ہو۔ یہ صرف میرا خیال ہے جس پر میں غور کر رہا ہوں۔" شیرف میری بات سن کر شرلاک ہومز کے سے انداز میں کچھ سوچنے لگا اور میں آرتھر کے اشارے پر اس کی جانب بڑھ گیا۔

"کیا آپ اپنے اس احمقانہ خیال پر سچ مچ یقین رکھتے ہیں۔" اس نے حیرت سے پوچھا۔

"نہیں۔" میں نے مسکرا کر جواب دیا۔" میں صرف تھوڑا سا وقت حاصل کرنے کے لیے یہ سب کر رہا ہوں۔" میں ایک لمحے کے لیے رک کر دوبارہ بولا۔"اطمینان رکھو آرتھر، میں اپنی پوری کوشش کر رہا ہوں کہ تمہیں تمہارے تمام زیورات اور ہیرے واپس مل جائیں۔"

"میرا خیال ہے کنڈیکٹر جیمز مجرم ہے؟" آرتھر پُر یقین لہجے میں بولا۔"اُسے تجوری کے قفل کا نمبر بھی معلوم تھا اور پیٹر کسی اندیشے کے بغیر اپنے ساتھی کو دیکھ کر دروازہ بھی کھول سکتا تھا پھر بعد میں جب اس نے پیٹر کو قتل کر کے تمام زیورات اور ہیرے نکال لیے تو اس ڈبے کے عقبی دروازے سے رخصت ہو گیا، پھر مال ٹھکانے لگا کر وہ منصوبے کے تحت آپ کے پاس پہنچا تا کہ آپ اس کی نیک نامی کی گواہی دے سکیں۔ پھر جب آپ نے اسے عقبی دروازے کی طرف بھیجا تو اس نے یوں ظاہر کیا جیسے وہ دروازہ بند ہو۔"

"نہیں۔" میں نے نفی میں سر ہلاتے ہوئے جواب دیا۔"میں نے خود اپنی آنکھوں سے اُسے اس دروازے کی چٹخنی، جو اندر سے لگی تھی، کھولتے دیکھا تھا۔"

"تب پھر اس صورت میں اس واردات کا سراغ ناممکن ہو جاتا ہے۔" آرتھر نے افسردگی سے کہا۔

"ممکن ہے اور نہیں بھی۔" میں نے ایک طویل سانس لے کر کہا اور مڑ کر شیرف کی طرف دیکھنے لگا۔

جیمز اور ٹرین کا انجینئر، شیرف سے گاڑی چلانے کے بارے میں بحث کر رہے تھے۔

"ہمیں پہلے ہی ایک گھنٹہ دیر ہو چکی ہے۔" جیمز کہہ رہا تھا۔

"ٹھیک ہے۔" شیرف ان کی بات مانتے ہوئے بولا۔ لیکن میں تمہارے ساتھ اگلے اسٹیشن تک جاؤں گا۔ وہ علاقہ بھی میری عملداری میں آتا ہے۔"

سنہرے بالوں والی جینیفر خراماں خراماں چلتی ہوئی میرے پاس آئی، وہ دلکش خط و خال کی اور متناسب جسم کی پرکشش لڑکی تھی۔ میں نے پہلی بار اس کا بغور جائزہ لیا، اس کے دلکش چہرے پر عجیب سی معصومیت اور بھولپن تھا۔ وہ اگر مصورہ بننے کے بجائے ماڈل یا فلموں وغیرہ میں اداکاری کا پیشہ اختیار کرتی تو خوب دولت اور شہرت کماتی۔

"ایسا معلوم ہوتا ہے کہ مجھے سورج طلوع ہونے کا منظر کینوس پر اتارنے کا موقع نہیں مل سکے گا۔" وہ میرے بے حد قریب پہنچ کر سرگوشی میں بولی۔ "لیکن میں سوچ رہی ہوں کہ اس کے بجائے شیرف ایڈگر کی ایک قدِ آدم تصویر کیوں نہ بنالوں، جب وہ شرلاک ہومز کے انداز میں سوچتا ہے تو بہت شاندار لگتا ہے۔"

میں اس کی بات پر مسکرا کر رہ گیا، اسی اثنا میں گاڑی نے آہستہ آہستہ رینگنا شروع کر دیا. باقی سفر کے دوران کسی کے سونے کا سوال ہی پیدا نہیں ہوتا تھا۔ ہم سب ڈبے میں بیٹھے کافی پیتے رہے اور اس واردات کے بارے میں باتیں کرتے رہے۔ میرا ذہن ابھی

تک اس گتھی کو سلجھانے میں کامیاب نہیں ہو سکا تھا۔ کوئی ایسی بات تھی جو اب تک میرے ذہن میں کھٹک رہی تھی۔ جوں جوں اگلا سٹیشن قریب آ رہا تھا، خون میری کنپٹیوں پر ٹھوکریں مارنے لگا۔ مجھے یہ احساس بڑی شدت سے ہو رہا تھا کہ اگر میں اگلی منزل تک یہ معاملہ سلجھانہ سکا تو قاتل میرے ہاتھ سے بچ نکلنے میں کامیاب ہو جائے گا۔

میں نے اپنے پاؤں دراز کر لیے اور سر ڈبے کی پشت سے ٹکا کر آنکھیں موند لیں۔ میں ڈبے میں ہونے والی بحث کو بڑے غور سے سننے کے علاوہ اس خونی واردات پر شروع سے غور کرنے لگا۔

”میں تو کہتا ہوں کہ یہ ریل گاڑی میں چوریاں کرنے والے کسی عادی چور کا کام ہے۔“ والٹ بڑے جوش سے بول رہا تھا۔ ”وہ ریل کی پٹڑی کے کنارے لگے ہوئے کسی درخت کی شاخ سے لٹک کر گاڑی کی چھت پر کود گیا اور ہوادان کے ذریعے اس کمرے میں گھس آیا۔“

”لیکن سوال یہ ہے کہ اس وقت تک پیٹر کیا کر تا رہا۔ کیا اس نے اُسے ہوادان سے اندر آتے نہیں دیکھا ہو گا؟“ شیرف نے اعتراض کیا۔

”میرا خیال ہے کہ ڈاکو جب تک اندر نہیں آ گیا اسے پتا ہی نہیں چلا“ والٹ اپنی بات میں وزن پیدا کرتے ہوئے بولا۔ ”قاتل نے اُسے دھمکا کر تجوری کھلوائی اور پھر اُسے قتل کر کے ہوادان کو بند کر دیا تاکہ یہ ظاہر ہو کہ مجرم ہم میں سے کوئی ہے۔ یہ بات تو آپ بھی اچھی طرح جانتے ہیں کہ ان لوگوں کو چٹخنیاں بند کرنے کی ترکیبیں معلوم ہوتی ہیں۔“

”لیکن والٹ تم نے شاید اس ڈبے کا بغور معائنہ نہیں کیا۔“ شیرف بڑے سکون سے بولا۔ ”یہ کوئی عام ڈبا نہیں ہے اور نہ ہی اس کی چٹخنیاں عام دروازوں کی طرح ہیں۔

ذرا اس کے دروازوں کو غور سے دیکھو۔ کوئی ایسی جھری تک نہیں جس میں کوئی ڈوری یا تار ڈال کر چٹخنی بند کی جاسکے۔"

"کیا چٹخنی کسی چھڑی وغیرہ سے بند نہیں کی جاسکتی؟" والٹ اصرار کرتے ہوئے بولا۔ "میرا مطلب ہے کھڑکی میں ہاتھ ڈال کر۔"

"نہیں۔" شیرف نفی میں سر ہلاتے ہوئے بولا۔ "اس چٹخنی کو بند کرنا خاصا مشکل ہے۔ تم خود کوشش کر کے دیکھ لو۔ پھر ایک آدمی کا ہاتھ کھڑکی سے عقبی دروازے کی چٹخنی تک نہیں پہنچ سکتا، چاہے اس کے ہاتھ میں چھڑی ہی کیوں نہ ہو۔ اس کے علاوہ اگر چھڑی وغیرہ استعمال کی گئی ہوتی تو وہ یقیناً دروازے پر کسی قسم کے نشانات چھوڑ جاتی جبکہ وہاں ایسا کوئی نشان نہیں ہے۔ مزید برآں یہ کافی وقت طلب کام ہے۔ قاتل کو اس بارے میں دردِ سر مول لینے کی ضرورت ہی کیا تھی؟ دروازہ اگر کھلا بھی ہوتا تب بھی کسی خاص شخص پر شبہ کرنا ممکن نہیں تھا۔"

آرتھر جو بہت دیر سے خاموش بیٹھا شیرف اور والٹ کی گفتگو سن رہا تھا، اچانک اس کی آنکھوں میں ایک چمک سی لہرائی۔

"میرا خیال ہے کہ میں نے اس گتھی کو سلجھا لیا ہے۔" وہ دبے دبے جوش کے ساتھ بولا۔ "ہوا یہ ہو گا کہ چاقو کے زخم سے پیٹر فوری طور پر نہیں مرا اور یہ بات اس سے ثابت ہے کہ اسے بہر حال اپنا آخری پیغام چھوڑنے کی مہلت مل گئی۔ فرض کیا جائے کہ چور نے اُسے قتل کیا اور فرار ہو گیا۔ پیٹر لڑکھڑاتا ہوا دروازے کے پاس آیا اور اس کی چٹخنی لگائی اور پھر فرش پر گر پڑا۔" "نہیں آرتھر۔" میں نے نفی میں سر ہلاتے ہوئے کہا۔ "یہاں بھی وہی اعتراض پیدا ہوتا ہے۔ یہ تو تم دیکھ ہی رہے ہو کہ اس ڈبے کی چٹخنی بالکل مختلف ہے اور آسانی سے نہیں لگتی اور پھر پیٹر کو ایسا کرنے کی ضرورت کیا تھی جبکہ

وہ چاقو سے زخمی ہو چکا تھا۔ اسے تو اس وقت مدد کے لیے پکارنا چاہیے تھا۔ آخر ہم لوگ برابر کے ڈبے میں موجود تھے۔ اس کے علاوہ دروازہ چٹخنی سے بند نہیں تھا وہ مقفل بھی تھا۔ اسے پہلے چٹخنی لگانا پڑتی، پھر جیب سے چابی نکال کر دروازہ مقفل کرنا پڑتا، پھر چابی واپس اپنی جیب میں رکھنا پڑتی اور اگر وہ یہ تمام کام کرنے کے لیے زندہ رہا تب وہ بہت ہی غیر معمولی آدمی تھا۔ پھر یہ بھی غور طلب بات ہے کہ دروازے کے پاس خون کے صرف چند قطرے گرے ہیں۔ اگر پیٹر کو چٹخنی لگانے اور تالا بند کرنے کے لیے رکنا پڑتا تو اس سے کہیں زیادہ خون یہاں موجود ہوتا۔'' ''تب میں یہ کہوں گا کہ یہ واردات عملاً ناممکن ہے۔'' آرتھر نے اپنی پہلی رائے کا دوبارہ اظہار کیا۔

''ایسا معلوم ہوتا ہے جیسے پیٹر کو چڑیلوں یا بھوتوں نے قتل کیا ہے۔'' شیرف نے کہا۔

میں نے ان لوگوں کو تجوری والے ڈبے میں چھوڑا اور خود مسافر گاڑی میں آ گیا۔ تھوڑی دیر بعد گاڑی ایک منزل پر ٹھہر کر آگے روانہ ہو گئی۔ چار بج چکے تھے اور ابھی ہمیں 'گرین ویلی' پہنچنے کے لیے نصف گھنٹہ درکار تھا۔

اس اسٹیشن کے بعد گاڑی ابھی کچھ ہی دور گئی تھی کہ میں نے دو ڈبوں کے درمیان پلیٹ فارم کی جانب سے ایک چیخ کی آواز سنی، آواز جینیفر کی معلوم ہوتی تھی۔ شاید وہ کسی مصیبت میں گرفتار تھی۔ میں نے باہر نکل کر دیکھا کہ جینیفر اپنی نشست پر منہ کے بل گری ہوئی تھی اور بری طرح چیخ رہی تھی۔ جیسے ہی میں نے قریب جا کر اُس کا کندھا چھوا، وہ دہشت زدہ انداز میں پلٹ کر مجھے گھورنے لگی۔ اُس لمحے مجھے اُس پر کسی خوفزدہ ہرنی کا گمان گزر رہا تھا۔

''کیا ہوا؟'' میں نے تشویش زدہ لہجے میں پوچھا۔

''وہ۔ وہ۔ مجھے مارنا چاہتا تھا۔'' وہ خوفزدہ لہجے میں کسی نادیدہ شے کی طرف اشارہ کرتے ہوئے بولی۔

''کون؟'' میں نے اِدھر اُدھر دیکھ کر کہا۔ اس وقت ہم دونوں کے علاوہ وہاں کوئی بھی نہ تھا۔

''وہ ایک چھوٹے قد کا آدمی تھا۔'' اب وہ قدرے سنبھل چکی تھی۔ ''اس کے ہاتھ میں چاقو تھا اور وہ مجھے کھینچ کر اپنے ساتھ لے جانا چاہتا تھا۔'' میں ایک طویل سانس خارج کر کے رہ گیا، بالآخر میری شہادت کی تصدیق ہوگئی۔ جینیفر اس سے زیادہ کچھ نہ بتا سکی کہ اُس چھوٹے آدمی کے خدوخال بندروں سے ملتے جلتے تھے اور وہ اچانک کہیں سے نمودار ہو کر اُس پر حملہ آور ہوا تھا۔ اگر وہ چیخ کر مدد کے لیے مجھے نہ بلا لیتی تو خدا جانے کیا ہو جاتا۔ ہم نے فوراً اس واقعے کی اطلاع شیرف کو دی تو اُس نے اپنے دوماتحت پر اسرار چور کی تلاش میں دوڑا دیے۔ بہرحال جینیفر کا خوف کسی بھی طور کم نہ ہو رہا تھا۔ وہ اس امر پر زیادہ پریشان تھی کہ اب 'گرین ویلی' میں اپنی تصویر کیسے مکمل کرے گی۔

''فکر مت کرو، میں تمہارے ساتھ رہوں گا۔'' میں نے سینہ تان کر جواب دیا۔

ہمارے گاڑی سے اترنے سے قبل شیرف نے ایک بار پھر ہمارے سامان کی تلاشی لی۔ میں نے اسے اپنا دواؤں کا ڈبا کھول کر دکھایا اور جینیفر نے اپنا رنگوں کا ڈبا کھولا۔ میں سوچ رہا تھا کہ آیا یہ واردات اتنی آسان اور اتنی سادہ ہو سکتی ہے، کیا حقیقت میں اس کا حل اتنا ہی آسان تھا جتنا اس وقت میرے ذہن میں آیا تھا۔

''سورج طلوع ہونے والا ہے۔'' جینیفر نے کہا۔ ''ہو سکتا ہے کہ آخرکار مجھے اس کی منظرکشی کرنے کا موقع مل جائے۔ کیا آپ میرے ساتھ چلیں گے ڈاکٹر؟''

''ضرور کیوں نہیں۔'' میں نے جواب دیا۔ ''میرا شفاخانہ کھُلنے میں ابھی دو گھنٹے

باقی ہیں۔ میں بس ایک لمحے میں ابھی آیا، پھر تمہارے ساتھ چلوں گا۔"

شیرف کے پاس آ کر میں نے اپنے بیگ سے نسخہ لکھنے کا کاغذ نکالا اور اس پر چند سطور لکھ کر شیرف کو دے دیا۔

"یہ کیا ہے؟" شیرف نے چونکتے ہوئے پوچھا۔

"صرف ایک نظریہ۔" میں نے جواب دیا۔ "ممکن ہے کہ یہ اس واردات کو حل کرنے میں یہ تمہاری مدد کر سکے۔" جیمز گاڑی پر چڑھ گیا اور گاڑی کے انجینئر کو ہری جھنڈی دکھائی، دوسرے لمحہ ٹرین 'گرین ویلی' کے اسٹیشن سے باہر نکل کر نظروں سے اوجھل ہو چکی تھی۔ "تم یہاں کیوں اتر گئے۔" شیرف نے آرتھر سے پوچھا۔ "تم تو کہیں اور جا رہے تھے۔"

"زیورات اور ہیروں کے بغیر میں وہاں کیا منہ لے کر جاؤں گا۔ وہ میری نگرانی میں تھے اس لیے تمام تر ذمہ داری مجھ پر آتی ہے۔" آرتھر رونی صورت بناتے ہوئے بولا۔ "اگر زیورات نہ ملے تو، تو میں .!" آرتھر ایک رات کے اندر کئی برسوں کا بیمار نظر آنے لگا تھا اس کے چہرے پر موت جیسی زردی چھائی ہوئی تھی۔ اس کی نگاہیں دور اُفق پر جمی ہوئی تھیں۔ "آؤ۔" میں نے بڑے اعتماد سے جینیفر سے کہا۔ "جلدی کرو، کوئی مناسب جگہ تلاش کر لو۔ ورنہ تم سورج طلوع ہونے کی تصویر کشی نہ کر سکو گی۔" "کیا آپ واپس آئیں گے؟" آرتھر نے چونک کر میری طرف دیکھا اور بے چینی سے پوچھا۔

"ہاں" میں نے اس کے کندھے پر تھپکی دیتے ہوئے کہا "کچھ دیر بعد۔"

جینیفر نے ایک ہاتھ سے اپنا ایزل اور دوسرے ہاتھ میں رنگوں کا ڈبا اٹھایا ہوا تھا۔ چنانچہ میں نے اپنا بیگ ایک ہاتھ سے پکڑتے ہوئے دوسرے ہاتھ میں اس کا رنگوں کا ڈبا لے لیا۔ ہم اسٹیشن سے قریب ہی تالاب کی جانب چل دیے یہ مقام اسٹیشن سے نظر

نہیں آتا تھا اور عین ممکن تھا کہ ہم دونوں کے علاوہ اس جگہ کوئی اور نہ ہو۔

''کیا آپ اکثر 'گرین ویلی' آتے رہتے ہیں۔'' جینیفر نے پوچھا۔ وہ اب بڑی ہشاش بشاش نظر آرہی تھی اس نے تالاب کے کنارے پہنچ کر اپنا ایزل اس طرح رکھ دیا کہ اس کا رخ مشرق کی طرف تھا۔ ''نہیں، میں پہلی مرتبہ اپنے ایک دوست ڈاکٹر کے مریضوں کی دیکھ بھال کرنے آیا ہوں۔ میں لمبے لمبے سانس لیتے ہوئے بولا'' اور تم، کیا تم یہاں پہلے بھی آتی رہی ہو۔'' جینیفر نے رنگوں کا ڈبا کھول کر آئل پینٹ کی ایک نلکی نکالی۔ وہ سرخ رنگ تھا اور اس کی سرخی دیکھ کر مجھے تجوری والے ڈبے میں پیٹر کا بہتا ہوا خون یاد آگیا۔ ''میں پہلے آئی تو ہوں، مگر زیادہ نہیں۔'' جینیفر نے کہا۔ ''خاص طور سے رات کی گاڑی سے سفر کرنے کا یہ میرا پہلا موقع تھا۔''

میں نے سوچا کہ اس وقت ایک تیر اندھیرے میں چھوڑنے کا موقع ہے۔ میں چند لمحے تک گھاس پر ٹہلتا رہا پھر ایک دم رُک کر بولا۔

''میرا خیال ہے کہ مجھے پیٹر کے اصل قاتل کا سراغ مل گیا ہے؟''

جینیفر کا ہاتھ فضا میں معلق ہو گیا۔ اس کے برش میں سرخ رنگ لگا ہوا تھا۔

''کیا مطلب؟'' وہ سرد آواز میں بولی۔

''بہت سی پر اسرار وارداتوں کی طرح یہ واردات بھی اس سوال کے گرد گھومتی ہے کہ قاتل کون ہے۔ بجائے اس کے کہ قتل کیسے ہوا اور اب تک جو ہم سمجھنے میں ناکام رہے اس کی وجہ بھی یہی تھی کہ ہم نے یہ اہم نکتہ نظر انداز کر دیا تھا۔ ہم صرف اس بات پر غور کرتے رہے کہ بند کمرے میں کوئی شخص کس طرح پیٹر کو قتل کر کے فرار ہو سکتا ہے جبکہ بنیادی طور پر ہمیں پہلے یہ سوچنا چاہیے تھا کہ آخر ہم سب مسافروں میں سے قاتل کون ہو سکتا ہے۔ یہی وجہ تھی کہ ہم اسے حل نہیں کر پا رہے تھے چنانچہ اہم سوال

یہ نہیں تھا کہ قتل کس طرح ہوا اور قاتل کیسے فرار ہوا بلکہ یہ ہے کہ کس نے تجوری کھولی اور زیورات چرائے اگر ہم اس سوال کا جواب دے سکیں تو باقی باتوں کی وضاحت خود بخود ہو جائے گی۔" میں یہ سب باتیں ایک ہی سانس میں کہہ گیا تھا اور اپنی باتوں کا رد عمل جینیفر کے چہرے پر تلاش کرنے کی کوشش کر رہا تھا۔"اور آپ کا خیال ہے کہ آپ اس کا جواب جانتے ہیں۔" جینیفر بے پروائی سے بولی۔

میں نے مشرق کی طرف دیکھا۔ سورج طلوع ہو رہا تھا اور اس کی کرنیں میرے منہ پر پڑ رہی تھیں۔

"ایک لمحے کے لیے ہم پیٹر کے قتل کو نظر انداز کر دیں تو اس کا جواب بآسانی مل سکتا ہے۔" میں نے جواب دیا۔"وہ ایک مقفل کمرے میں بالکل اکیلا تھا اور ان آدمیوں میں سے ایک تھا جسے تجوری کے قفل کے نمبر معلوم تھے۔ تجوری کھولی گئی زیورات اور ہیرے نکالے گئے۔ اب تم اس سوال کا جواب سمجھ گئیں؟ اگر نہیں تو واضح الفاظ میں اس کا مطلب یہ ہے کہ چور پیٹر کے علاوہ اور کوئی نہیں تھا۔ صرف وہی تجوری کھول کر زیورات نکال سکتا تھا اور اسی نے نکالے بھی تھے۔"

"ڈاکٹر تم کیوں خوامخواہ کی دردِ سری میں پڑے ہو۔ یہ پولیس کا کام ہے۔ وہ جلد ہی اصل حقائق کا پتا لگا لے گی۔ اور جہاں تک مجرم کا سوال ہے تو میرا خیال ہے کہ یہ سب کچھ ریلوے کے کسی پرانے ملازم کا شاخسانہ ہے۔" جینیفر بولی" اگر موت پیٹر کو تھوڑی اور مہلت دے دیتی اور وہ ادھورے نام کو مکمل کر دیتا تو اب تک تمام معاملہ حل ہو چکا ہوتا۔ جینیفر ایک لمحے کے لیے رک کر دوبارہ بولی۔"اگر تمہاری بات مان بھی لی جائے تو سوال یہ پیدا ہوتا ہے وہ چاقو کہاں گیا جس سے پیٹر کو ہلاک کیا گیا ہے اور زیورات اور وہ ہیرے کہاں گئے؟"

میری نگاہیں کینوس پر جمی ہوئی تھیں۔ جینیفر نے برش سے ایک خط کھینچا۔ ایک سرخ خط جو اس رنگ سے بہت گہرا تھا جو اس وقت آسمان کا نظر آ رہا تھا۔

"جینیفر، یہ واقعی ایک دلچسپ سوال ہے۔" میں مسکراتے ہوئے بولا۔ "اس واردات میں اس کا ایک ساتھی بھی تھا۔ مقتول پیٹر نے ہم سے کہا تھا کہ وہ لیٹنے کا ارادہ کر رہا ہے لیکن جب ہم نے اسے مقتول پایا تو اس نے اپنی پوری وردی پہنی ہوئی تھی اس کا مطلب ہے کہ اسے کسی کے آنے کی توقع تھی۔ کوئی عام مسافر نہیں جسے یہ بھی علم نہیں تھا کہ زیورات گاڑی پر رکھے جا چکے ہیں۔ بلکہ کوئی ایسا فرد جسے پیٹر نے پہلے سے زیورات اور ہیروں کے متعلق بتا دیا تھا۔ تقریباً اسی وقت جب آرتھر نے ریلوے حکام کو اطلاع بھیجی ہو گی کہ وہ اس گاڑی کے تجوری والے ڈبے میں زیورات رکھوانا چاہتا ہے۔"

"لیکن آپ یہ سب اتنے وثوق سے کیسے کہہ سکتے ہیں۔" وہ بولی۔

"اس لیے کہ وہ فرد جو اس چوری میں پیٹر کی مدد کر رہا تھا۔" میں ایک لمحے رک کر جینیفر کے چہرے کے تاثرات دیکھنے لگا۔ "وہ۔ تم تھیں، کیا میں غلط کہہ رہا ہوں؟ ایک بار ہم یہ طے کر لیں کہ چور پیٹر تھا اور اس نے زیورات تجوری سے نکال کر اپنے ساتھی کو دینے کا منصوبہ بنایا تھا تو مقفل ڈبے میں قتل کا معاملہ خود بخود واضح ہو جاتا ہے۔ اس نے تجوری سے زیورات نکالے اور دروازے میں موجود چھوٹی کھڑکی کے ذریعے تمہیں دے دیے۔ تم پہلے سے وہاں انتظار کر رہی تھیں۔ مجھے نہیں معلوم کہ زیورات کی چوری کے بارے میں تم دونوں نے پولیس کو مطمئن کرنے کے لیے کون سی فرضی داستان سوچ رکھی تھی لیکن پیٹر کو یہ داستان سنانے کا موقع نہیں مل سکا کیونکہ اس دوران تم یہ فیصلہ کر چکی تھیں کہ اس مال غنیمت میں پیٹر کو حصہ دار نہیں بناؤ گی۔" میں ایک لمحے کے لیے رکا۔ جینیفر غور سے میری طرف دیکھ رہی تھی۔ اس کی آنکھوں کی چمک خطرناک ہوتی جا

رہی تھی۔

"اور جیسے ہی زیورات تمہارے قبضے میں آ گئے تم نے زہر آلود چاقو نکال کر کھلی کھڑکی کے ذریعے اسے پیٹر کے سینے میں اتار دیا۔ جو اس وقت ٹھیک کھڑکی کے پاس کھڑا تھا۔ وہ زخم کھا کر لڑ کھڑاتا ہوا پیچھے ہٹا اور تجوری کے سامنے فرش پر گر پڑا۔ تم نے چاقو مار کر اس کے سینے میں نہیں چھوڑ دیا تھا بلکہ زخم لگانے کے ساتھ ہی اسے جس طرح پکڑے ہوئے تھیں اسی طرح کھڑکی سے باہر نکال لیا۔ اس کے بعد تم نے بڑی آسانی سے کھڑکی کا شیشہ بند کر دیا اور وہ خود کار قفل کی وجہ سے اپنے آپ بند ہو گیا چنانچہ تم نے دیکھا کہ معاملہ یہ نہیں تھا کہ قاتل بند ڈبے سے کس طرح فرار ہوا، کیونکہ اس نے کسی بھی وقت اس کے اندر قدم رکھا ہی نہیں تھا۔"

"بہت خوب ڈاکٹر۔" جینیفر ایک قہقہہ لگا کے بولی۔ "گویا آپ کے خیال میں قتل میں نے کیا ہے؟"

"ہاں!" میں بڑے اعتماد سے بولا۔ "اور خود پیٹر نے اپنے آخری پیغام میں تمہاری جانب اشارہ کیا ہے۔"

"کیا اس کے خیال میں میرا نام زول تھا۔" جینیفر بولی، وہ بڑی پر سکون نظر آ رہی تھی۔

"نہیں یہ ایک ادھورا نام ہے۔ اور اگر یہ پورا نام ہوتا تب بھی بات صاف نہیں ہوتی۔" میں نے بتایا۔ "اس سوال کا جواب میری سمجھ میں اس وقت آیا جب تم نے خود پر حملے کا ڈراما کیا، اُس وقت تو میں نے تمہاری کہانی پر یقین کر لیا مگر بعد ازاں میرے ذہن نے تمہاری گھڑی ہوئی کہانی کو سچ تسلیم کرنے سے انکار کر دیا کیونکہ اگر ایسا کوئی پر اسرار شخص گاڑی پر موجود ہوتا تو تم پر حملہ کرنے کے بجائے ہیروں سمیت فرار ہونے کو ترجیح

دیتا۔ پھر اُسے تم پر حملہ کرنے کی کوئی ایسی ضرورت بھی نہ تھی۔ بہرحال مقتول پیٹر نے تمہارا نام لکھنے کے بجائے وہ طریقہ اختیار کیا جو مناسب ترین تھا۔ اس نے اپنے خون سے تمہاری نشست کا نمبر لکھ دیا۔ وہ لفظ 'زولف، لکھنا چاہتا تھا لیکن موت نے اسے مہلت نہ دی، اور زولف جرمن زبان میں بارہ کے مترادف ہے۔ اس نے زول کا لفظ لکھ کر تمہاری جانب اشارہ کیا تھا کیونکہ ٹرین میں یہی تمہاری نشست کا نمبر ہے۔''

اب جینیفر کی آنکھوں میں سختی نمایاں ہوتی جارہی تھی۔ اس کے چہرے کے تیور خطرناک ہوگئے تھے۔

''اور زیورات کے بارے میں کیا کہتے ہو؟'' اس نے بھاری آواز میں پوچھا۔ ''اگر میں قاتل ہوں تو زیورات اور ہیرے بھی میرے پاس ہونا چاہیے تھے اور پولیس کو تلاشی کے دوران یقیناً مل جاتے۔'' ''جب سے تم نے اپنی مصوری شروع کی ہے ایک ہی رنگ استعمال کررہی ہو اور وہ بھی غلط ہے۔'' میں اس کے قریب پہنچ کر بولا۔ ''بہت زیادہ گہرا سرخ ہے۔ غالباً اس لیے کہ رنگوں کی یہ تمام نالیاں اپنے اندر وہ چیز نہیں رکھتیں جو ان میں ہونی چاہیں۔''

میں نے دو نالیاں اٹھالیں اور انہیں دبا کر دیکھا اور اندر سے بے حد سخت محسوس ہو رہی تھیں۔

''یہ سب نالیاں رنگوں سے خالی ہیں۔'' میں نے بات جاری رکھتے ہوئے کہا۔ ''ان کا پچھلا حصہ کھول کر دوبارہ بند کیا گیا ہے۔ یہ ہیرے چھپانے کی بہت ہی بہترین جگہ ہے۔ شیرف کا کوئی ماتحت یہ شبہ تک نہیں کرسکتا تھا کہ ان میں رنگ کے علاوہ کچھ اور ہو سکتا ہے۔ زیورات کے ڈبے اور ایسے بڑے زیورات اور ہیرے جن کی قیمت کم تھی گاڑی سے پھینک دیے گئے۔ باقی تمام قیمتی زیورات اور ہیرے ان رنگوں کی نالیوں میں پوشیدہ

ہیں۔ ہیرے زیادہ بڑے نہیں تھے اس لیے بآسانی ان نالیوں میں سما گئے۔ جو زیور اور ہیرے گرا دیے گئے ہیں انہیں بھی گاڑی کی پٹری کے آس پاس تلاش کیا جا سکتا ہے۔"

ٹھیک اسی لمحے جینیفر اپنا چاقو نکال کر مجھ پر حملہ آور ہو گئی۔ جینیفر نے بڑا انپا ٹلا وار کیا تھا لیکن میں پھرتی سے ایک طرف گھوم گیا۔

جینیفر باوجود کوشش کے مجھے کوئی زخم تو کجا خراش تک نہیں پہنچا سکی۔ وہ پیغام جو چلتے وقت میں نے شیرف کو دیا تھا یہی تھا کہ وہ اپنے ماتحتوں کے ساتھ میرا تعاقب کرے، شاید میں اس کا مجرم اس کے حوالے کرنے میں کامیاب ہو جاؤں۔ وہ تیار کھڑا تھا۔ جیسے ہی جینیفر مجھ پر حملہ آور ہوئی اس سے پیشتر کہ وہ مجھے نقصان پہنچا سکتی۔ شیرف اور اس کے ماتحتوں نے اسے پکڑ لیا۔ شیرف مجھے ستائشی نظروں سے گھور رہا تھا۔ پیٹر نے مرتے مرتے اس بات کی بھی نشاندہی کر دی تھی کہ وہ تمام قیمتی زیورات رنگوں کی نلکیوں میں ہیں کیونکہ اس نے بارہ کا ہندسہ لکھنے کے بجائے جرمن زبان میں 'زول' لکھا ہی اس مقصد کے تحت تھا کیونکہ ان تمام رنگوں کی نلکیوں پر 'جرمنی ساختہ' لکھا تھا اور یہ نام میں نے اس وقت دیکھا تھا جب میں رنگوں کی نلکیوں کو دبا کر دیکھ رہا تھا۔

☆☆☆

موت کا کھیل

ریمنڈ چینڈلر / محمد اقبال قریشی

تجسس سے بھرپور ایک تحیر خیز ناول کی مکمل تلخیص شہر کے پُر سکون ماحول سے دور، ایک جزیرے پر کھیلے جانے والے خونی ڈرامے کی روداد

ہوش میں آنے کے بعد پہلا احساس یہ ہوا کہ میں گہری تاریکی میں، نم اور سخت فرش پر پڑا ہوں۔ اگرچہ اس طرح کی صورت حال میرے لیے نئی نہیں تھی لیکن نجانے کیوں میرے وجود میں خوف کی سرد لہر دوڑ گئی۔ کسی نہ کسی طرح میں اٹھ بیٹھنے میں کامیاب ہو گیا۔ میرے سر میں یوں دھمک ہو رہی تھی جیسے کوئی مسلسل ہتھوڑے برسا رہا ہو۔ میں نے دونوں ہاتھوں سے سر تھام لیا۔ چند ثانیے بعد میں نے اپنے ہاتھ پر کسی لیس دار شے کی چپچپاہٹ محسوس کی، مجھے یہ اندازہ لگانے میں دشواری نہ ہوئی کہ میرے بال خون میں لتھڑے ہوئے تھے۔ میں نے کھڑے ہونے کی کوشش کی مگر ذہن جسم کا ساتھ دینے کو تیار نہ تھا۔ میں سر پکڑ کر دوبارہ ڈھیر ہو گیا اور گزشتہ چوبیس گھنٹوں کے دوران پیش آنے والے واقعات کسی متحرک فلم کے مانند میری آنکھوں کے سامنے گھوم گئے۔

☆☆

میری زندگی میں یہ بھونچال اس وقت آیا جب مجھے سام بریڈلے کا ٹیلی گرام ملا۔

سام میرا اس زمانے کا دوست تھا جب میں فوج میں ملازم تھا۔ فوجی زندگی کو الوداع کہنے کے بعد ہمارے راستے الگ الگ ہو گئے البتہ ہمارا رابطہ قائم رہا۔ میں فوج میں چونکہ حساس نوعیت کے عہدوں پر رہا لہٰذا سبکدوشی کے بعد میں نے سراغ رسانی کا پیشہ ہی اختیار کیا۔ کچھ عرصے بعد میں خود کو بطور کامیاب سراغ رساں منوانے میں کامیاب ہو گیا۔ سام کبھی ایک کاروبار کرتا تو کبھی دوسرا۔ اس نے شادی بھی کر لی تھی۔ اُس کی بیوی ایلن بڑی سمجھ دار عورت تھی۔ میں جب بھی ان کے گھر جاتا وہ مجھے کسی نہ کسی کارآمد مشغلے میں مصروف نظر آتی۔ اس روز میں ایک پیچیدہ کیس حل کرنے کے بعد اپنے فلیٹ پر ایک طرح سے چھٹیاں گزار رہا تھا جب مجھے سام کا ٹیلی گرام ملا۔

اس نے لکھا تھا کہ میں فوراً اس کے گھر پہنچوں۔ اس کا یہ مختصر پیغام میرے دماغ کے کسی گمنام گوشے میں خطرے کی گھنٹیاں بجانے لگا۔ چند لمحے بعد ہی میں ٹیکسی میں بیٹھا اُس کی طرف جا رہا تھا۔ مکان کے دروازے پر پہنچ کر میں نے اطلاعی گھنٹی بجائی مگر کسی نے دروازہ نہ کھولا۔ میں نے سوچا ایلن اس وقت شاید خریداری کے لیے گئی ہو گی جبکہ خود سام بھی کہیں مصروف ہو گا۔ میں نے ایک بار پھر گھنٹی بجائی لیکن بے سود! میرے ذہن میں متعدد شبہات کلبلانے لگے دروازہ اگرچہ مقفل تھا لیکن اسے کھولنا میرے لیے کوئی مسئلہ نہیں تھا۔ ایک منٹ بعد ہی میں گھر میں داخل ہو گیا۔

اندر کوئی نہیں تھا۔ میں نے وہاں موجود اشیا کا تیزی سے جائزہ لیا۔ بستر کی حالت سے صاف ظاہر تھا کہ اس پر کسی نے رات نہیں گزاری تاہم ایک میز کی بالائی دراز دیکھ کر میں چونکے بغیر نہ رہ سکا۔ وہاں بہت سے رومال نفاست سے رکھے تھے۔ کسی نے چند رومال دوسروں سے علیحدہ کر کے ایک طرف رکھ دیے تھے۔ ایسا لگتا تھا جیسے ان کے درمیان سے کوئی چیز نکالی گئی ہو۔ رومالوں کی نچلی تہ پر تیل کے ایک داغ کے علاوہ کسی وزنی چیز کا

نشان بھی موجود تھا۔ گویا وہ چیز ہٹائے جانے سے قبل کچھ دیر وہاں رکھی رہی تھی۔ میں ریوالور کی موجودگی کا جائزہ لیے بغیر نہ رہ سکا جسے غالباً میرے پہنچنے سے قبل ہی وہاں سے ہٹایا جا چکا تھا۔ یکایک میں چونک اٹھا، کسی نے دروازے کے سوراخ میں چابی گھمائی تھی۔ اس کے فوراً بعد ہی ایک لڑکی اندر داخل ہوئی۔

میں نے ایک طویل سانس لے کر اس کے سراپا کا جائزہ لیا۔ بلاشبہ وہ غیر معمولی حد تک حسین و جمیل تھی لیکن وہ ایلن نہیں تھی۔ اس کا چہرہ گھبراہٹ کے تاثرات سے یکسر عاری تھا۔ اس کے ہاتھ میں اعشاریہ دو تین کا پستول تھا جس کا رخ میری طرف تھا۔ اس سے پہلے کہ میں کچھ کرتا یا کہتا۔ اس نے سپاٹ لہجے میں سوال کیا ''تم کون ہو اور یہاں کیا کر رہے ہو؟''

''میں ایک سابق فوجی اور بریڈلے کا دوست ہوں۔'' میرا ذہن بڑی تیزی سے کام کر رہا تھا۔ اس کی آنکھوں سے سختی کا اظہار ہو رہا تھا۔ وہ میرے چہرے سے نگاہیں ہٹائے بغیر بولی ''گویا تم تسلیم کرتے ہو کہ تم ان ہی میں سے ایک ہو؟'' اس سے پہلے کہ میں کوئی جواب دیتا، اس نے مجھے گھورتے ہوئے کہا ''میں ابھی پولیس کو بلاتی ہوں۔''

''اِس سے اچھا کوئی اور خیال نہیں ہو سکتا۔'' میں نے مسکرانے کی کوشش کی۔ ''لیکن کیا یہ بہتر نہیں ہو گا کہ تم پستول درمیان سے ہٹا دو تاکہ ہم اطمینان سے گفتگو کر سکیں، سام نے مجھے پیغام دیا تھا کہ وہ مجھ سے ملنا چاہتا ہے، اگر تم بھی اس کی دوست ہو، تو ہم تبادلہ خیال کر سکتے ہیں۔'' ''بکواس بند کرو۔'' اس کا لہجہ زہریلا تھا۔ ''اور دیوار کی طرف منہ کر کے کھڑے ہو جاؤ۔ اگر تمہیں ذرا سا بھی شبہ ہے کہ میں پستول استعمال کرتے ہوئے کسی قسم کی ہچکچاہٹ کا مظاہرہ کروں گی، تو اپنی جگہ سے حرکت کر کے اپنا یہ شبہ اسی وقت دور کر سکتے ہو۔'' مجھے یقین تھا کہ اس کے الفاظ محض دھمکی نہیں تھے

میرے پاس اس کے سوا کوئی چارہ نہیں تھا کہ بلا چون وچرا اس کی ہدایت پر عمل کرتا۔

اُس نے چونگا اٹھایا اور نمبر ملانے لگی لیکن مجال ہے کہ اس کی توجہ ایک لمحے بھی میری طرف سے ہٹی ہو، وہ کہہ رہی تھی ''ہاں ہیری، میں سام کی رہائش گاہ پر موجود ہوں۔ وہ اور اس کی بیوی یہاں نہیں ہیں البتہ ایک اور شخص ضرور موجود ہے۔'' چند لمحے تک وہ دوسری طرف سے کہے جانے والے الفاظ سنتی رہی پھر مجھے سرد نگاہوں سے دیکھتے ہوئے بولی ''کافی دراز قامت شخص ہے۔ میرا خیال ہے چھ فٹ سے زیادہ ہی ہوگا۔ گہرے رنگ کا سوٹ اور قمیص پہنے ہوئے ہے۔ خاصا دلکش مگر بے وقوف نظر آتا ہے۔ خاص بات یہ ہے کہ وہ چابی کے بغیر گھر میں داخل ہوا ہے۔'' تھوڑی دیر تک وہ دوسری طرف سے ابھرنے والی آواز سنتی رہی پھر بولی ''بہت اچھا وہ یہاں سے کہیں نہیں جا سکتا۔'' چونگا رکھ کر وہ ایک بار پھر مجھ سے سرد لہجے میں مخاطب ہوئی ''اب تم چاہو تو بیٹھ سکتے ہو وہ لوگ دس منٹ میں یہاں پہنچیں گے۔'' خاموش ہو کر اس نے میرا اس طرح جائزہ لیا جیسے میں اس کے لیے کوئی انوکھی مخلوق تھا۔ میں نے اس کی آنکھوں میں دیکھتے ہوئے پوچھا ''یہ ہیری کون ہے؟''

''میرا دوست ہے۔'' اس نے جواب دیا ''اور اس نے فون پر جو کچھ کہا، اس کے مطابق میرا خیال ہے کہ وہ تمہیں جانتا ہے البتہ پسند یقیناً نہیں کرتا۔'' ''تم میری پریشانی میں اضافہ کر رہی ہو۔ مگر یہ تو بتاؤ کہ یہ سارا چکر کیا ہے؟ سام اور اُس کی بیوی کہاں ہیں اور ان لوگوں کے ساتھ کس قسم کے واقعات پیش آئے؟'' اُس نے مسکرا کر سر کو نفی میں جنبش دی اور پستول سے کھیلنے لگی۔ اُس کے اس انداز نے مجھے مزید الجھن میں مبتلا کر دیا۔ سچی بات تو یہ ہے کہ اس سارے معاملے نے مجھے بری طرح چکرا دیا تھا۔ سام بریڈلے یقیناً کسی بہت بڑی مشکل سے دوچار تھا۔ وہ کس قسم کی مشکل تھی اس کا میرے پاس اب

تک کوئی جواب نہیں تھا۔ لڑکی کا رویہ بھی باعثِ تشویش تھا مگر سام کے گھر کی چابی اس کے پاس کیسے پہنچی؟ ''سنو!'' میں نے ان خیالات سے چھٹکارا پانے کی کوشش کی ''اگر تم سام کی دوست ہو، تو میں ایک بار پھر کہوں گا کہ ہمیں تبادلۂ خیال کرنا چاہیے۔ یہاں سے جاتے وقت وہ پستول ساتھ لے گیا ہے جس کا مطلب ہے کہ وہ کسی مشکل سے دوچار اور پریشان ہے۔''

یہ سن کر اس نے اپنے ہونٹ سختی سے بھینچ لیے۔ چند لمحے مجھے گھورتی رہی پھر بولی ''تمہیں اس کا علم کس طرح ہوا؟'' میں نے اس کے سامنے اپنے خیالات کی وضاحت کرنے کے بعد کہا ''اب بتاؤ یہ چکر کیا ہے؟'' لیکن اس سے پہلے کہ وہ میرے سوال کا جواب دیتی، تیز تیز قدموں کی آوازیں سنائی دیں۔ وہ الٹے پیروں دروازے کے قریب پہنچی اور اسے کھول دیا۔ کمرے میں داخل ہونے والے افراد کی تعداد تین تھی۔ انہیں دیکھ کر میں اپنی ریڑھ کی ہڈی میں اٹھنے والی سرد لہر محسوس کیے بغیر نہ رہ سکا۔ وہ تینوں شکل سے ہی جرائم کی دنیا کے باسی نظر آتے تھے۔ اب مجھے یقین ہو گیا کہ سام حقیقتاً کسی بہت بڑی مشکل میں گرفتار ہو چکا تھا۔

لڑکی کی آواز سُن کر میرے خیالات کا سلسلہ ٹوٹ گیا وہ کہہ رہی تھی ''ہیری! یہی وہ شخص ہے جو خود کو سام کا دوست کہتا ہے۔'' لڑکی بدستور پستول پکڑے کھڑی تھی۔ ہیری ایک قدم آگے بڑھ کر میرے اور اس کے درمیان آ گیا۔ اُس کی آنکھوں میں میرے لیے نفرت ہی نفرت تھی۔ پھر اس کا دایاں ہاتھ بلند ہوا ہی تھا کہ میری الٹی ہتھیلی اس کے کندھے پر پڑی، اس سے پہلے کہ وہ سنبھلنے کی کوشش کرتا میں اس کے پیٹ میں گھونسا رسید کر چکا تھا۔ شدتِ کرب سے اس کا منہ کھلا رہ گیا۔ میں نے اسے گرنے کا موقع دیے بغیر دوسرے شخص کی طرف دھکیل دیا۔ اس سے پہلے کہ وہ اپنی جگہ سے حرکت

کر تا میں پستول اٹھا چکا تھا۔ دوسرا شخص بھی اتنی دیر میں پستول نکال چکا تھا۔

دوسرا شخص ہیری کے پیچھے چلا گیا جو فرش پر پڑا کراہ رہا تھا۔ "اسے قتل کر دو! گولی مار دو چارلی!" ہیری غضب ناک انداز میں چیخا۔ دوسرا شخص یقیناً چارلی تھا۔ "ضرور گولی مارو!" میں سرد لہجے میں بولا "لیکن ہم ایک ساتھ مریں گے۔ ویسے بھی میں تم سے زیادہ طاقت ور ہوں۔ اگر تم نے گولی چلانے میں پہل کی بھی، تو میں مرنے سے پہلے تمہاری کھوپڑی کا نشانہ ضرور لے سکوں گا۔"

"میرا نام جارج ہومین ہے۔" تیسرا شخص یوں پھنکارا جیسے مجھے کچا چبا جانا چاہتا ہو۔ "مجھے سام سے ایک حساب چکتا کرنا ہے۔ تم کون ہو اور یہاں کیا کر رہے ہو؟" "سام میرا دوست ہے۔" میں مسکرایا۔ "میرا نام کپ مورگن ہے۔ اور تمہاری اطلاع کے لیے میرا شمار ان احمقوں میں ہوتا ہے جو کوئی بھی اقدام کرتے ہوئے کسی قسم کی ہچکچاہٹ محسوس نہیں کرتے۔ اگر تم نے کسی طرح کی پھرتی یا چالاکی دکھانے کی کوشش کی تو میں بے دریغ تمہیں گولی مار دوں گا۔ بہتر ہو گا کہ پستول نیچے گرا کر فوراً یہاں سے دفع ہو جاؤ۔" اس نے طویل سانس لے کر کہا۔ "بہت اچھا۔ ہم چلے جائیں گے۔ کیا تم سام کے بارے میں کسی طرح کا اظہار خیال کرنا پسند نہیں کرو گے؟" "سام بریڈلے ایک اچھا آدمی اور میرا دوست تھا، اور کچھ؟"

"ٹھیک ہے، تم بہت اچھے آدمی ہو، لیکن بہتر ہو گا کہ اب سمجھ داری کا مظاہرہ کرو اور یہاں سے چلے جاؤ۔ ویسے بھی اس معاملے میں تمہارے ہاتھ کچھ نہیں آئے گا۔" "میں یہاں تمہارے مسخرے پن سے محظوظ ہونے نہیں آیا۔ جب تک سام اور اس کی بیوی واپس نہیں آ جاتے اور صورت حال واضح نہیں ہو جاتی، میں یہیں ٹھہروں گا۔" میرا لہجہ سخت اور فیصلہ کن تھا۔ "تم جانو اور تمہارا کام!" جارج نے لاپروائی سے کندھے

اچکائے پھر ذرا رک کر میری آنکھوں میں دیکھتے ہوئے بولا ''اگر میں تم سے کہوں کہ سام بریڈلے اور اس کی بیوی. دونوں مر چکے ہیں، تو کیا تم یقین کر لو گے ؟''

اس کے الفاظ سن کر لڑکی کے ہونٹوں سے دھیمی آواز نکلی تھی۔ میں نے جارج کو گھورتے ہوئے جواب دیا۔ '' میں اس احمقانہ اطلاع پر اس وقت تک یقین نہیں کروں گا جب تک اپنی آنکھوں سے دونوں کی لاشیں نہ دیکھ لوں اور یہ بات بھی اچھی طرح ذہن نشین کر لو کہ اگر ایسا ہوا تو میں اس وقت تک چین سے نہیں بیٹھوں گا جب تک تم تینوں کو گیس چیمبر میں نہیں لے جایا جاتا!'' وہ میری بات کا جواب دینے کے بجائے چارلی کی طرف متوجہ ہو گیا۔ ''ہیری کو اٹھا کر کار تک لے جاؤ میں آ رہا ہوں۔ یہ جگہ کسی طرح بھی ایسا معاملہ طے کرنے کے لیے مناسب نہیں۔'' چارلی ہیری کو اٹھا کر دروازے کی طرف بڑھ گیا۔ جارج مجھے پستول کی زد میں لیے ہوئے خود بھی دروازے کی طرف کھسکنے لگا تھا۔ میں نے لڑکی کو مخاطب کر کے کہا ''تم بھی کھسکو! فوراً نکلو یہاں سے!'' مجھے ایسا لگا کہ جیسے وہ کسی قسم کا احتجاج کرنا چاہتی ہو مگر میں نے اسے موقع نہیں دیا۔ ''جلدی کرو! کیا تم مجھے اتنا ہی احمق سمجھتی ہو کہ میں تمہیں اپنی پشت میں گولی اتارنے کا موقع دے دوں گا؟''

میں جارج کی طرف متوجہ ہو گیا۔ '' تم بہت جلد مجھے اپنے سر پر مسلّط پاؤ گے۔''

وہ سب باہر نکل گئے۔ مجھے یقین تھا کہ اُن کا تعلق کسی نہایت منظم گروہ سے تھا جو خواہ مخواہ جھگڑوں میں الجھنا پسند نہیں کرتے۔ لڑکی نے پلٹ کر دیکھنے کی کوشش نہیں کی تھی۔ اس کے ساتھ اپنے رویےّ پر مجھے افسوس تھا۔ ممکن ہے کہ اس کی وجہ یہ ہو کہ وہ بہت زیادہ خوبصورت تھی۔ بہر حال وہ کم از کم شکل سے جرائم پیشہ معلوم نہیں ہوتی تھی۔ ان کے جانے کے بعد میں نے بھی باہر نکلنے کے بارے میں سوچا۔ سچ پوچھئے تو اب تک جو کچھ ہوا تھا، میری سمجھ سے بالاتر تھا۔ معاملے کے تمام تر پہلو مکمل تاریکی میں تھے۔

اب تک اس کا بھی اندازہ نہیں ہو سکا تھا کہ سام اور ایلن کہاں تھے؟

اس سے پہلے کہ میں کوئی اگلا اقدام کرتا، مجھے سام کے بارے میں معلومات حاصل کرنا تھیں کہ اس کے روابط کس کس سے تھے؟ کمرے سے نکلنے سے قبل میں نے اس کا طائرانہ جائزہ لیا۔ میں ایک بار پھر کمروں کی تلاشی لے کر اپنی تسلی کر لینا چاہتا تھا۔ تھوڑی سی تلاش کے بعد مجھے ایک دراز سے لفافوں کی ایک گڈی اور بہت سے ناموں کی ایک فہرست ملی۔ میں نے فہرست کھول کر اس کی عبارت پر نظر ڈالی۔ کچھ عجیب سی تحریر تھی۔

"اچھے دن دوبارہ خوشحالی، تاش کے خوبصورت کھیل اور دیگر دلچسپیاں ہر خاص و عام کو دعوت دی جاتی ہے۔ آمدنی زخمی فوجیوں کو دی جائے گی۔ دس بارہ نام اس کے نیچے درج تھے۔" قریب پڑی ہوئی ایک کرسی پر بیٹھ کر میں نے دوبارہ تحریر کا بغور جائزہ لیا۔ اور اسی لمحے ایک نیا خیال میرے ذہن میں کلبلایا۔ میرے خیال میں یہ جوئے کا کوئی چکر تھا جس میں جارج ہومین یقیناً اہم کردار ادا کر رہا تھا۔ مجھے ان جواریوں کا خیال بھی آیا جو شہر کے مختلف علاقوں میں مختلف طریقوں سے لوگوں کو لوٹتے رہتے ہیں۔

میں نے ایک بار پھر جارج ہومین کے بارے میں سوچا شاید وہ کوئی بہت بڑا ہاتھ مارنے کے چکر میں تھا یا ہو سکتا ہے کہ کسی نے جوا کھلانے کے لیے اس کی خدمات حاصل کر لی ہوں اور سام بریڈلے کو اس کا علم ہو گیا ہو! اس مفروضے پر میں نے جتنا غور کیا، وہ میرے ذہن میں حقیقت کا روپ دھارتا چلا گیا۔ مجھے ایسا لگا جیسے مجھے اپنے سوال کا صحیح جواب مل گیا ہو۔ اب میرا کام اپنے مفروضے کو درست ثابت کرنے کے لیے ثبوت تلاش کرنا تھا۔ عقبی زینے سے اتر کر میں نے ایک بار پھر ناموں کی فہرست پر نظر ڈالی جو میں اپنے ساتھ لے آیا تھا۔ اس میں سے ایک شخص نارمن کی قیام گاہ وہاں سے زیادہ دور

نہیں تھی۔ میں نے کار اسٹارٹ کی اور اس کے گھر روانہ ہو گیا۔ اطلاعی کے جواب میں دروازہ کھولنے والا خود نارمن تھا، پستہ قد اور گٹھے ہوئے جسم کا مالک جس کے سر پر بہت کم بال تھے۔ میں نے اسے سرکلر دکھاتے ہوئے معلوم کیا کہ وہ اس بارے میں کیا جانتا ہے۔ ''تم کون ہو مجھ سے پوچھنے والے؟'' اس نے روکھے پن سے جواب دیا۔

''میں ایک نجی سراغ رساں ہوں۔'' میں نے اسے اپنا شناختی کارڈ دکھاتے ہوئے کہا۔ ''مجھے اپنے دوست سام کی تلاش ہے۔ میں نے اس کے گھر ایک فہرست میں تمہارا نام دیکھا تو یہاں آگیا کہ شاید تم میری کچھ مدد کر سکو۔''

وہ چند ثانیے شش و پنج کے عالم میں مجھے دیکھتا رہا۔ پھر مجھے لے کر اندر آگیا اور بیٹھنے کے بعد بولا۔ ''ارل ریمسلے نامی ایک شخص نے دو ماہ قبل مجھ سمیت اس شہر کے چند بڑے جواریوں سے رابطہ کیا تھا۔'' وہ سگار سلگاتے ہوئے بولا۔ '' وہ جواریوں کا کوئی منظم گروہ تیار کرنا چاہتا تھا۔ اس مقصد کے لیے سام نامی شخص اس کا نمائندہ بن کر میرے پاس آیا تھا اور میری رضامندی پر اس نے مجھے گروہ میں شامل بھی کر لیا مگر تب سے میرا اس سے رابطہ نہیں ہو سکا۔ اس کے علاوہ میں اس بارے میں کچھ نہیں جانتا۔''

میں نے اس کی آنکھوں میں دیکھتے ہوئے کہا ''دراصل سام اور اس کی بیوی دونوں کہیں غائب ہو چکے ہیں۔ جارج ہومین نامی ایک شخص کی باتوں سے اندازہ ہوتا ہے کہ وہ دونوں قتل کیے جا چکے ہیں، لیکن میں اس پر یقین کرنے کو تیار نہیں۔ بہر حال کوئی ایسی بات ضرور ہے جس سے سام پریشانی میں مبتلا ہے۔''

نارمن کھڑا ہو گیا۔ منہ میں دبا ہوا سگار اس نے فرش پر پھینک دیا۔ کمرے کے اندرونی دروازے پر ایک نظر ڈال کہ وہ دوبارہ صوفے پر میرے برابر بیٹھ گیا۔

''مجھے لگتا ہے میں کسی بہت بڑی گڑبڑ میں پھنس گیا ہوں۔'' وہ بڑبڑایا۔ ''میں قتل

جیسے چکر میں پھنسنے کا متحمل نہیں ہو سکتا۔ اگر میری بیوی کو اس بارے میں پتا چل گیا تو وہ ہنگامہ کھڑا کر دے گی۔" اس کی حالت دیکھ کر مجھے اس پر ترس آگیا۔ مجھے اس سے کوئی مزید معلومات اس لیے نہیں مل سکتی تھیں کہ وہ خود اندھیرے میں تھا بہر حال مجھے اتنا معلوم ہو گیا کہ وہ جوئے کا ہی کوئی چکر تھا۔ اب میرا وہاں مزید رکنا مناسب نہ تھا۔ سام کے بارے میں بھی میری تشویش بڑھ گئی۔

جس وقت میں وہاں سے روانہ ہوا رات کے ۹ بج چکے تھے۔ اس دوران میں اپنے ذہن میں ایک پروگرام ترتیب دے چکا تھا میرے خیال میں اب بہترین طریقہ یہی تھا کہ میں جلد از جلد پولیس سے رابطہ قائم کرتا۔ میرا ایک دوست مونی پولیس میں تھا اور مجھے اچھی طرح جانتا تھا اچانک مجھے خیال آیا اس وقت اس سے ملاقات مناسب نہیں ہو گی۔ مونی سے ملنے سے قبل مجھے یقیناً کچھ اور کام کر لینا چاہیے اور ابھی میں سوچ ہی رہا تھا کہ میری ذہنی رو کا رخ ارل ریمسے کی طرف ہو گیا۔ یہی وہ شخص تھا جس نے سام کو جوئے کے کاروبار کی ترغیب کے لیے استعمال کیا تھا۔ اگر ریمسے کو کسی طرح کی معلومات اگلنے پر آمادہ کر لیا جائے، تو آگے بڑھنے کے لیے راہ کا تعین یقیناً آسان ہو جاتا۔ میرے لیے یہ خیال ہی روح فرسا تھا کہ شہر کی ایک روشن اور مصروف سڑک پر جس پر بھاری ٹریفک چل رہا تھا اور جس کے دونوں طرف اونچی اونچی شاندار عمارتیں سر اٹھائے کھڑی تھیں ایک شخص اور اس کی بیوی موت سے مقابلہ کرنے میں مصروف تھے جبکہ میری بے بسی کا یہ عالم تھا کہ مجھے ان کے بارے میں کسی طرح کی معلومات نہیں تھیں اور میں چاہتے ہوئے بھی ان کے لیے کچھ نہیں کر سکتا تھا۔ البتہ امید کی ایک کرن اب بھی میرے ذہن میں موجود تھی۔

میں نے ایک بار پھر سام کے گھر سے ملنے والی فہرست پر نظر ڈالی اور اس میں مجھے

ریمسے کا نام جلد ہی نظر آ گیا۔ فہرست میں درج پتے کے مطابق اس کی رہائش گاہ بھی اس جگہ سے زیادہ دور نہیں تھی۔ کار کو ایک مناسب جگہ روک کر میں عمارت میں داخل ہوا اور تیزی سے سیڑھیاں چڑھنے لگا۔ عمارت کی عقبی سمت میں بنے کمروں میں سے ایک سے روشنی باہر آ رہی تھی۔ میں نے اطلاعی گھنٹی کا بٹن دبایا۔ ایک بار۔ دو بار۔ تین بار۔! لیکن کوئی جواب ملا اور نہ ہی دروازے کے دوسری طرف کسی کے قدموں کی آہٹ سنائی دی۔ مایوس ہو کر میں نے دروازے کا بغور جائزہ لیا۔ وہ پوری طرح بند نہیں تھا بلکہ کواڑ اور چوکھٹ کے درمیان خاصا خلا تھا۔

میں نے ایک بار پھر گھنٹی بجائی، لیکن بے سود۔ چند لمحے بعد میں اندر داخل ہو گیا۔ اُس روز یہ دوسرا موقع تھا جب میں اس طرح کسی کے گھر میں داخل ہو رہا تھا۔ دروازہ کھول کر میں نے اندر کا جائزہ لیا مگر وہاں بھی تاریکی کا راج تھا۔ کمرے میں جھانکتے ہوئے میں نے آواز لگائی "ہیلو، ریمسے۔" لیکن میری آواز صدا بہ صحرا ثابت ہوئی اور میرے کوئی معمولی سی آہٹ بھی نہ سن سکے۔ اضطراب اور بے چینی کے عالم میں، میں نے ایک بار اپنے گردوپیش کا جائزہ لیا۔ سڑک بدستور سنسان اور تاریکی میں ڈوبی ہوئی تھی اس پر یا تو میری گاڑی کھڑی تھی یا کچھ فاصلے پر ایک اور گاڑی کا سایہ نظر آ رہا تھا۔ پتا نہیں وہ کب سے وہاں کھڑی تھی، کم از کم عمارت میں داخل ہوتے وقت وہ مجھے نظر نہیں آئی تھی۔

ابھی میں یہ سب سوچ ہی رہا تھا کہ تاریکی میں اچانک کسی نے میرا بازو تھام لیا، گرفت خاصی مضبوط تھی۔ میں نے کسی انجانے خطرے کے پیشِ نظر پیچھے ہٹنے کی کوشش کی لیکن گرفت کچھ اور مضبوط ہو گئی۔ اس کے ساتھ ہی کسی کی سرسراتی ہوئی آواز آئی۔

"اندر آ جاؤ! کیا تم ارل ریمسے سے ملنا نہیں چاہتے؟" وہ کسی بوڑھی عورت کی آواز تھی، لیکن اس آواز میں کوئی بات اور بھی تھی. کوئی ایسی بات جس کے احساس سے مجھے

اپنے اعصاب جواب دیتے محسوس ہوئے حالانکہ میں کمزور اعصاب کا مالک نہیں اور آسانی سے پریشان نہیں ہوتا۔

میں نے خود کو سنبھالتے ہوئے جواب دیا۔ "یقیناً میں اس سے ملنا چاہتا ہوں۔ کیا وہ اندر ہے؟"

"وہ باورچی خانے میں ہے، کھانا کھانے گھر آیا تھا۔ غالباً تم بھی کچھ پینا پسند کرو گے۔ کم از کم کافی کا ایک کپ ہی سہی۔"

فلیٹ کافی گرم تھا، ہوا بند تھی اور کسی حد تک گھٹن کا احساس بھی ہو رہا تھا۔ وہ میرے آگے آگے چل رہی تھی۔

"میرے پیچھے پیچھے چلے آؤ!" میں نے ایک بار پھر بڑھیا کی سرسراتی ہوئی آواز سنی۔ "میں روشنی پسند نہیں کرتی البتہ ارل کی بات اور ہے، وہ روشنی پسند کرتا ہے۔"

اس کے پیچھے پیچھے چلتا ہوا میں باورچی خانے میں داخل ہوا۔ بڑھیا نے ایک اور دروازے کو پیچھے کی طرف دھکیلا اور یہی وہ وقت تھا جب میری نظریں پہلی بار ارل ریمسے پر پڑیں۔ وہ باورچی خانے میں ایک میز کے دوسری طرف بیٹھا تھا۔ اس کی ٹھوڑی اس کے ایک ہاتھ پر رکھی تھی۔ جب کہ دوسرا ہاتھ میز پر پھیلا ہوا تھا۔ اس کے سامنے ایک کپ اور پلیٹ میں ایک سینڈوچ رکھا تھا۔ اس کی نگاہیں میرے چہرے پر مرکوز تھیں۔ میں نے اندر داخل ہو کر پوچھا۔ "کیا تمہارا نام ہی ریمسے ہے؟"

اس نے کوئی جواب نہیں دیا۔ پلک تک نہیں جھپکائی جیسے میرے الفاظ اس کے کانوں تک پہنچے ہی نہ ہوں۔ میں بوڑھی عورت کے قریب سے گزر کر اس کے سامنے پہنچ گیا اور تب پہلی بار مجھے احساس ہوا کہ میری نگاہیں ایک مردہ شخص کے چہرے پر مرکوز تھیں۔

خوف کی ایک سرد لہر میری ریڑھ کی ہڈی میں دوڑ گئی۔ میں نے گھوم کر بڑھیا کو دیکھا جو خالی نظروں سے میز پر رکھے کپ اور پلیٹ کو دیکھ رہی تھی۔ مجھے اپنی طرف متوجہ پا کر عجیب سے لہجے میں بولی ”تمہیں پریشان ہونے کی ضرورت نہیں۔ ارل کا شمار ان لوگوں میں ہوتا ہے جو اپنی مرضی کے بغیر کبھی نہیں بولتے۔“

اس کی نگاہیں میرے چہرے پر مرکوز ہو گئیں۔ یہ نگاہیں ہر قسم کے تاثر سے یکسر عاری تھیں۔ میرے جسم میں عجیب سی سنسناہٹ دوڑ گئی۔ گرم کمرہ جس میں مسلسل گھٹن کا احساس ہو رہا تھا وہاں اس بڑھیا کی موجودگی جو اپنی حرکات و سکنات سے فاتر العقل معلوم ہوتی تھی اور اس پر مستزاد وہ لاش۔ ارل ریمسے یقیناً اس بڑھیا کا بیٹا تھا۔

دفعتہ میری نگاہیں اس چاقو پر مرکوز ہوئیں جو اس کی پشت میں بائیں جانب دستے تک پیوست تھا۔ میں نے ریمسے کا ہاتھ پکڑ کر دیکھا وہ بالکل سرد تھا۔

بڑھیا ابھی تک میز پر رکھی اشیا کی طرف متوجہ تھی۔ جو کچھ ہو چکا تھا اس سے یکسر بے خبر اور لاتعلق! میں نے طویل سانس لے کر اس سے پوچھا۔ ”کیا یہاں میں ٹیلی فون ہے؟“

مگر اس نے میری طرف کوئی توجہ نہیں دی۔ جیسے اپنے بیٹے کی طرح اس نے بھی میرے الفاظ نہ سنے ہوں۔ مجبوراً میں اس کے قریب سے گزر کر ہال میں داخل ہو گیا۔ اب مجھے خود ہی ٹیلی فون تلاش کرنا تھا جو جلد ہی مجھے نظر آ گیا۔ چند لمحے بعد ہی میں مونی کا نمبر ڈائل کر رہا تھا۔

دوسری طرف ریسیور اسی نے اٹھایا تھا۔ میں نے جلدی جلدی کہنا شروع کیا۔ ”سنو! میں مورگن بول رہا ہوں۔“ اس سے پہلے کہ وہ کچھ بولتا میں نے اسے ریمسے کے فلیٹ کا پتا بتاتے ہوئے کہا۔ ”کیا تم فوری طور پر یہاں پہنچ سکتے ہو؟ وہ مر چکا ہے. نہیں اب

اس میں کسی شک و شبہے کی گنجائش نہیں۔ وہ یقینی طور پر مر چکا ہے. ٹھیک ہے، میں تمہارا انتظار کر رہا ہوں۔" ریسیور رکھ کر میں دوبارہ کچن میں داخل ہوا۔ میری نظریں بڑی تیزی سے گرد و پیش کا جائزہ لے رہی تھیں، لیکن کوشش کے باوجود میں وہاں سے ایسی کوئی چیز تلاش کرنے میں کامیاب نہیں ہو سکا، جسے سراغ کہا جا سکتا۔ تاہم ایک اور بات یقینی معلوم ہوئی۔ قاتل باورچی خانے کے اندرونی دروازے سے وہاں پہنچا تھا۔ ریمسے کو یقیناً اس کی خبر نہیں ہو سکی اور اس نے اس کی بے خبری سے فائدہ اٹھاتے ہوئے چاقو کا پھل پھرتی سے اس کے جسم میں اتار دیا تھا۔ چاقو بے حد خطرناک اور یقیناً زہر آلود تھا۔

ریمسے کی پشت پر دروازے کی دوسری طرف متعدد سیڑھیاں نظر آ رہی تھیں۔ میں ان سے گزر کر نیچے پہنچا۔ یہاں گھرا اندھیرا تھا جس کے باوجود میری نگاہیں وہاں موجود دروازے کو تلاش کرنے میں کامیاب ہو گئیں اس کے ساتھ ہی میرا ہاتھ دروازے کے لٹو پر پہنچ گیا۔ ٹھیک اسی وقت مجھے اندھیرے میں ہلکی سی سرگوشی سنائی دی تھی۔ میں نے پھرتی سے پلٹ کر اپنی پشت کی جانب دیکھنے کی کوشش کی لیکن اس سے پہلے کہ مجھے کچھ نظر آتا کوئی چیز پوری قوت سے میری کھوپڑی سے ٹکرائی اور اس کے ساتھ ہی میں دوہرا ہو کر فرش کی طرف جھکتا چلا گیا۔ جیسے ہی میرا جسم فرش سے ٹکرایا کسی نے میرا ہاتھ پکڑ کر پوری قوت سے مروڑ دیا۔ پھر میری کنپٹی پر ایک زور دار گھونسا رسید کیا جس کے ساتھ ہی میرا ذہن تاریکیوں میں ڈوبتا چلا گیا تھا آخر میں بس ایسا ہی لگا تھا جیسے میں گہری تاریکی میں کسی گہرے کنویں میں گرتا جا رہا ہوں۔ اس کے ساتھ ہی بے ہوش ہونے سے قبل جو آخری آواز میری سماعت سے ٹکرائی وہ کسی کپڑے کے پھٹنے اور بہت دور سے آتی ہوئی پولیس سائرن کی آواز تھی۔

☆☆

ہوش میں آنے کے بعد میں نے خود کو اس کوٹھڑی میں پایا۔ میں اس نتیجے پر پہنچے بغیر نہیں رہ سکا کہ میں قطعی غیر متوقع طور پر پہلے سے زیادہ خطرناک صورتحال سے دو چار ہو گیا تھا۔ ایک شخص قتل کر دیا گیا تھا اور. اور شاید سام بریڈلے بھی اب تک زندہ نہ رہا ہو!. مجھے اپنا سر تیزی سے چکراتا ہوا محسوس ہوا۔

اچانک مجھے بغل میں لگے ہوئے ہولسٹر کا خیال آیا ہولسٹر خالی تھا اور پستول غائب! جس فرش پر میں گھٹنوں کے بل بیٹھا تھا، وہ ٹھوس اور سخت تھا۔ روشنی نام کی وہاں کوئی چیز نہیں تھی۔ وہ یقیناً کوٹھڑی یا تنگ و تاریک کمرا تھا جس میں ایک عجیب سی ناگوار بو بسی ہوئی تھی۔ میرے خیال میں وہ کسی جگہ قتل گاہ کا تہ خانہ ہو سکتی تھی۔ چند لمحے بعد مجھے ایک نئی بو کا احساس ہوا جو میرے لیے نئی نہیں تھی، یہ سمندر کی بو تھی۔ گویا مجھے اس مکان سے لا کر لب ساحل واقع کسی تہ خانے میں ڈال دیا گیا تھا۔ مگر سوال یہ تھا کہ ایسا کیوں کیا گیا؟ کیا دشمنوں نے مجھے مردہ تصور کر لیا تھا یا اس کی ان کے پاس مجھے قتل کرنے کے لیے وقت نہیں تھا؟

میں نے ایک بار پھر کھڑے ہونے کی کوشش کی اور جیسے تیسے کامیاب بھی ہو گیا۔ چند لمحے تک اپنی جگہ سے حرکت کیے بغیر جسم اور ذہن کو سنبھالنے کی کوشش کرتا رہا پھر احتیاط کے ساتھ چند قدم آگے بڑھائے، آگے دیوار تھی، لیکن اس سے ٹکرانے سے قبل ہی مجھے اس کی موجودگی کا احساس ہو گیا۔ کچھ سوچ کر میں نے دیوار کے ساتھ ساتھ چلنا شروع کر دیا اور مجھے اندھیرے کے باوجود پتھر سے بنی ہوئی سیڑھیاں نظر آ گئیں۔ ان کا رخ اوپر کی طرف تھا جبکہ ان کے اختتام پر ایک دروازہ نظر آ رہا تھا۔ میں نے ہاتھوں سے ٹٹول کر دروازے کا لٹو یا کنڈی تلاش کرنے کی کوشش کی لیکن اس قسم کی کوئی چیز اس میں موجود نہیں تھی۔ کوشش کے باوجود میں اس میں کوئی دراڑ تک تلاش کرنے میں

کامیاب نہ ہو سکا۔ دروازے کو بڑی مضبوطی سے اور احتیاط کے ساتھ نصب کیا گیا تھا۔ اس طرف سے مایوس ہو کر میں نے دوبارہ دیوار کے سہارے آگے بڑھنے کی کوشش کی اس طرح میں نے پورے کمرے کا چکر لگالیا۔ میرے اندازے کے مطابق اس کی چوڑائی ۱۰/ فٹ اور لمبائی تقریباً ۲۰/ فٹ تھی۔ اس میں میرے علاوہ کسی اور چیز کی موجودگی کے آثار نہیں تھے۔ گویا پورا کمرا بالکل خالی تھا۔ آخری سرے پر دیوار میں ایک اور دروازہ نما چیز تھی۔ دروازہ نما اس لیے کہ خالی جگہ میں کواڑ کے بجائے لوہے کی سلاخیں نصب تھیں۔ جنگلہ تقریباً ۳ فٹ چوڑا تھا اور اس میں استعمال ہونے والی سلاخیں زیادہ موٹی نہیں تھیں لیکن اتنی پتلی اور کمزور بھی نہیں تھیں کہ میں ان سے کسی طرح کا فائدہ اٹھا سکتا۔ خاص طور پر ایسی حالت میں جبکہ میرا خون آلود سر درد کی شدت سے پھٹا جارہا تھا اور جسم میں توانائی نام کی کوئی شے باقی نہیں رہی تھی۔

گھٹنوں کے بل جھک کر میں نے سلاخوں کی دوسری طرف دیکھنے کی کوشش کی۔ فرش کی سطح سے کچھ نیچے، تھوڑی دور سرمئی رنگ کی ریت کا سلسلہ پھیلا ہوا تھا۔ سلاخوں سے باہر ہاتھ نکال کر میں نے زمین ٹٹولنے کی کوشش کی اور میری مٹھی میں نم ریت کی کچھ مقدار آگئی۔ جنگلے کے چاروں طرف یہی ریت پھیلی ہوئی تھی۔

میں نے جیب میں ہاتھ ڈال کر ماچس تلاش کرنے کی کوشش کی تاکہ نسبتاً بہتر طور پر گرد و پیش کا جائزہ لے سکوں۔ مگر جیب میں موجود تمام چیزیں پہلے ہی نکالی جاچکی تھیں۔ میرا ذہن ایک بار پھر بری طرح جھنجھلا گیا۔ کوٹ کی جیبیں ٹٹولی تو وہ بری طرح پھٹی ہوئی تھی۔ لباس پر لگے ہوئے درزی کے لیبل بھی نوچے جاچکے تھے۔ اس کا صرف ایک ہی مطلب ہو سکتا تھا۔ وہ لوگ مجھے قتل کرنے کا فیصلہ کر چکے تھے اور لیبل نوچنے کا مقصد اس کے علاوہ کچھ نہیں تھا کہ کم از کم لباس کے ذریعے میری شناخت ناممکن بنادی

جائے۔

خوف کی سرد لہر ایک بار پھر میرے جسم میں دوڑ گئی۔ فرش کے قریب موجود سلاخوں کا جنگلہ، کمرے میں آئی ہوئی سمندر کی بُو اور نم ریت پھر کچھ دور نظر آتا ہوا سرمئی رنگ جسے پہلے میں ریت کا طویل سلسلہ سمجھا تھا، یقیناً وہ سمندر تھا اور اگر اس میں جوار بھاٹا آجاتا تو اس کی اونچی اور بلند لہریں یقیناً کمرے کے فرش پر پہنچ جاتیں۔ یہ بھی ہو سکتا تھا کہ پورے کمرے میں سمندر کا پانی بھر جاتا ایسی صورت میں نتیجہ صاف ظاہر تھا۔

خوف اور گھبراہٹ کے عالم میں، میں بند دروازے تک پہنچ گیا۔ ظاہر ہے میں ہر قیمت پر اسے کھولنا یا توڑ دینا چاہتا تھا مگر اس میں ایسی کوئی چیز نہیں تھی جس پر میری انگلیاں گرفت قائم رکھ سکتیں۔ یوں بھی وہ اس قدر مضبوط تھا کہ اس میں جنبش پیدا کرنے کا سوال ہی پیدا نہیں ہوتا تھا! میں نے اس پر زور زور سے ہاتھ مارنا اور چیخنا شروع کر دیا۔ لیکن جواب میں کوئی آواز سنائی نہیں دی۔ میرے چہرے اور جسم سے پسینہ بہ رہا تھا اور سانسیں بے ترتیب تھیں۔ میں سنّاٹے میں بخوبی ان کی آواز سن سکتا تھا۔

پتا نہیں میں کس مقام پر تھا۔ کسی گاڑی تک کے گزرنے کی کوئی آواز اب تک نہیں سنائی دی تھی اور اس سنسان اور پر ہول مقام پر میں بالکل تنہا تھا جہاں کسی طرح کی مدد پہنچنے کا کوئی سوال ہی پیدا نہیں ہوتا تھا۔ خوف اور گھبراہٹ کے عالم میں وقت گزرتا رہا اور پھر اچانک پہلی بار مجھے ایک دھیمی سی آواز سنائی دی۔ یقیناً یہ سمندر کی آواز تھی۔ بلند لہریں اب قریب آتی جارہی تھیں۔ جیسے انہیں میری تلاش ہو۔ وہ جانتی ہوں کہ میں ابھی زندہ تھا۔ کچھ دیر بعد ہی وہ جنگلے کے راستے کمرے میں داخل ہو جاتیں اور میں ڈوب کر مر جاتا۔ اس کے بعد دشمن میرے مردہ جسم کو بڑی آسانی سے سمندر میں بہادیتے اور سرکاری طور میری موت کو خودکشی یا حادثاتی موت قرار دیا جاتا۔ پتا نہیں اس مقام کو اس

سے پہلے کتنی بار اسی مقصد کے لیے استعمال کیا جا چکا تھا؟

سوچتے سوچتے میرا ذہن ایک دفعہ پھر ارل ریمسے کے گھر کی طرف لوٹ گیا۔ یہ بات یقینی تھی کہ قاتل مجھ سے پہلے ہی وہاں پہنچ گئے تھے۔ انہیں میری موجودگی کا بھی علم ہو گیا تھا۔ چنانچہ میں انجانے میں جیسے ہی ان کے ہتھے چڑھا انہوں نے بڑی مہارت کے ساتھ میری کھوپڑی کو نشانہ بنایا اور اس کے بعد مجھے اس تہ خانے میں ڈال دیا۔

یکا یک مجھے مونا کا خیال آیا میں نے اسے فون کر کے فوراً ہی ریمسے کی رہائش گاہ پہنچنے کی ہدایت کی تھی۔ میں نے وعدہ کیا تھا کہ میں اسے اسی جگہ ملوں گا۔ چنانچہ ریمسے کے گھر پہنچ کر جب مجھے اس نے وہاں نہیں پایا ہو گا تو ضرور سمجھ گئی ہو گی کہ میرے ساتھ کوئی گڑ بڑ ہوئی ہے۔ مگر! ایک بار پھر مایوسیاں میرے ذہن میں سمٹ آئیں۔ مونی کو کس طرح علم ہو سکتا ہے کہ مجھ پر کیا گزری اور میں اس وقت کہاں تھا سچ پوچھئے تو زندگی میں پہلی بار میں ایک ایسی صورت حال سے دوچار ہوا تھا جس سے نکلنے کا کوئی طریقہ سمجھ میں نہیں آ رہا تھا۔ سمندر کی بلند لہریں کسی وقت بھی کمرے کو پانی سے بھر سکتی تھیں۔ مگر اس کا مجھے کوئی اندازہ نہیں تھا نہ ہی مجھے خبر تھی کہ ساحل پر لہروں کی بلندی کتنی تھی۔ بہر حال یہ بات یقینی تھی کہ اگر پانی کمرے میں بھر گیا تو کم از کم اس دنیا کی کوئی طاقت مجھے ہولناک موت سے نہیں بچا سکتی تھی۔ ذہن سے بھیانک خیالات جھٹکنے کی کوشش کرتے ہوئے میں ایک بار پھر وہاں سے نکلنے کے امکانات کا جائزہ لینے لگا۔ بظاہر راہِ فرار اختیار کرنے کے دو ہی راستے تھے۔ سیڑھیوں پر بنا ہوا مضبوط اور ناقابل شکست دروازہ یا لوہے کا جنگلہ، لیکن دونوں میں سے کسی کو استعمال کرنا میرے بس کی بات نہیں تھی۔ میں دروازے کے نیچے سیڑھیوں پر مایوسی کے عالم میں موت کا انتظار کر رہا تھا۔

تھوڑی دیر بعد میں نے مایوسی اور اضطراب کے عالم میں ایک بار پھر جنگلے کے

دوسری طرف دیکھنے کی کوشش کی۔ سرمئی رنگ کی ریت سے کچھ فاصلے پر سمندر کی اچھلتی کودتی اور آگے بڑھتی ہوئی لہریں اب پہلے سے زیادہ واضح طور پر نظر آرہی تھیں۔ میں نے طویل سانس لے کر ایک بار پھر کمرے کا جائزہ لینے کی کوشش کی اور تب اچانک میری نظریں ایک ایسی چیز پر پہنچ کر رک گئیں، جو میں اس پہلے نہیں دیکھ سکا تھا۔ ممکن ہے اس کی وجہ یہ ہو کہ اب سے پہلے میری نگاہیں اندھیرے سے اس حد تک مانوس نہیں ہو سکی تھیں۔ بہر حال وہ ایک زنجیر تھی جو ٹھیک میرے سر کے اوپر چھت کے ایک شہتیر سے بندھی لٹک رہی تھی۔ میں نے مضبوطی سے زنجیر پکڑلی۔ یہ دوہری زنجیر تھی جس کے کھینچنے سے کھڑکھڑاہٹ کی آواز پیدا ہوئی تھی۔ میرا پریشان ذہن اس نتیجے پر پہنچے بغیر نہیں رہ سکا کہ یہ کمرا ماضی میں یقیناً کشتیوں کے انجنوں کی مرمت یا ایسے ہی کسی کام کے لیے استعمال ہوتا رہا ہو گا۔ زنجیر کو ٹٹولتے ہوئے اس کے سہارے میں نے اپنا ہاتھ بلند کیا۔ زنجیر کا اختتام ایک کنڈے پر ہوا۔ اس کا مطلب تھا کہ کمرا زیادہ اونچا نہیں تھا۔ میرے ذہن میں اُمید کی ایک نئی کرن روشن ہو گئی۔ اگرچہ اس طرح کامیابی کا زیادہ امکان نہیں تھا لیکن کوشش کر لینے میں کیا حرج تھا۔

زنجیر کو چھت میں نصب کنڈے سے نکال کر میں نے جنگلے کی ایک سلاخ سے باندھ دیا اور زنجیر کو پوری قوت سے کھینچنا شروع کر دیا۔ اس طرح اگرچہ جنگلے کو کمزور کرنا ایک مضحکہ خیز خیال تھا۔ پہلی بار ناکام ہونے کے بعد میں نے دوبارہ اور پھر سہ بارا کوشش جاری رکھی۔ میرا سارا جسم پسینے سے شرابور ہو چکا تھا۔ مگر ایک موہوم سی امید کے مد نظر میں اپنی کوشش ترک کرنے پر تیار نہیں تھا۔ میرے ذہن میں کسی دور افتادہ گوشے میں نہ جانے کس طرح یہ خیال بیٹھ گیا تھا کہ ہو سکتا ہے سمندر کی تند و تیز لہروں نے جنگلے یا اس کے چوکھٹے کو کمزور کر دیا ہو۔ لیکن مجھے اس مقصد میں کامیابی نہیں ہو سکی۔ اور زنجیر

چھوڑ کر میں کسی تھکے ہوئے بیل کی طرح ہانپنے لگا۔ سمندر کا پانی اب جنگلے کے قریب آپہنچا تھا۔ میں نے ایک بار پھر زنجیر کھینچتے ہوئے جنگلے کو ہلانے کی کوشش کی پھر اسے چھوڑ کر ہانپنے لگا۔

کچھ وقت اسی طرح گزر گیا۔ اس کے بعد ایک دفعہ پھر ہمت کی اور گھٹنوں کے بل بیٹھ کر اس چوکھٹ کا جائزہ لینے لگا جس میں دروازہ نصب تھا۔ بظاہر چوکھٹ بہت پرانی معلوم ہوتی تھی لیکن میرے لیے اسے دیوار سے علیحدہ کرنا تقریباً ناممکن تھا۔ اچانک میری نظر ایک لمبی اور سیاہ چیز پر پڑی جو جنگلے کے دوسری طرف سمندر کی لہروں میں ہلکورے لے رہی تھی۔ اگرچہ وہ جنگلے سے کچھ فاصلے پر تھی لیکن لہروں کی ہر حرکت اسے اس سے قریب تر کر رہی تھی۔ ابتدا میں وہ مجھے کسی آدمی کی لاش معلوم ہوئی، لیکن میں نے جلد ہی اسے پہچان لیا۔ یقیناً وہ ایک بڑا شہتیر تھا۔ تقریباً ۱۲ فٹ لمبا اور مضبوط۔ چند منٹ بعد ہی شہتیر جنگلے سے آ لگا۔ میں نے زنجیر جنگلے سے گزار کر بڑی مشکل سے شہتیر کے گرد لپیٹ کر پھنسا دی پھر زنجیر ہی کے ذریعے میں نے اسے کچھ پیچھے دھکیلا اس کے بعد ایک جھٹکے کے ساتھ اپنی طرف کھینچ لیا۔ اس کام میں، میں نے ایک بار پھر اپنی پوری قوت صرف کر دی۔ میرا خیال تھا کہ اگر جنگلے پر باہر کی طرف سے حملہ کیا جائے تو اس کی امید افزا نتائج بر آمد ہو سکتے ہیں۔ میری یہ کوشش رائیگاں نہیں گئی۔ شہتیر پوری قوت کے ساتھ جنگلے سے ٹکرایا اور اس کی ایک سلاخ کافی حد تک مڑ گئی۔ کوشش جاری رکھنا یقیناً کوئی آسان کام نہیں تھا مگر میں کسی قیمت پر اس موقع کو ضائع کرنے کے لیے تیار نہیں تھا۔ شہتیر ایک بار پھر جنگلے کی سلاخوں سے ٹکرایا اور اس کے ساتھ ہی میں نے ہاتھ باہر نکال کر اسے اپنی گرفت میں لے لیا۔ لیکن اس پر قابو پانے کے لیے میرے جسم میں اب بہت کم قوت رہ گئی تھی۔ جیسے ہی کمرے میں داخل ہونے والی لہریں واپس ہوئیں وہ میری

گرفت سے آزاد ہو گیا۔ اتنی دیر میں پانی میرے گھٹنوں تک پہنچ چکا تھا۔ مگر اب مجھ پر پہلے کی طرح مایوسی طاری نہیں تھی۔ شہتیر پر نظریں جمائے میں لہروں کے دوبارہ آگے بڑھنے کا انتظار کرنے لگا۔ پھر جیسے ہی لہریں ایک بار پھر کمرے کی طرف بڑھتی نظر آئیں میں نے تمام قوت کو ہاتھوں میں مجتمع کر کے زنجیر کو آخری بار جھٹکے کے ساتھ کھینچا۔ شہتیر پوری طاقت سے جنگلے سے ٹکرایا اور اس کے ساتھ ہی اس کی سلاخیں کچھ اور خم ہو گئیں مگر نہیں! ایک سلاخ ٹوٹ کر جنگلے سے علیحدہ ہو گئی تھی۔ میری خوشی کا کوئی ٹھکانا نہیں رہا۔ تھوڑی سی کوشش سے میں نے جنگلے میں کم از کم اتنی جگہ ضرور بنالی ہو گئی تھی کہ میرا جسم اس میں سے گزر سکتا۔ میں جنگلے میں پیدا ہونے والے خلا کے ذریعے باہر نکل آیا یہاں پانی کمر تک تھا۔ میں نے تاریکی میں اپنے گرد و پیش کا جائزہ لیا۔ خشکی اس جگہ سے زیادہ دور نہیں تھی۔ جسم کی ساری قوت ٹانگوں میں سمیٹ کر میں ہر ممکن تیزی کے ساتھ اس طرف بڑھنے لگا۔

میں کتنی دیر تک خشکی پر لیٹا رہا، اس بارے میں یقین سے کچھ کہنا مشکل ہے البتہ میرا خیال ہے کہ چند منٹ سے زیادہ نہیں لیٹا ہوں گا کہ کسی انجن کی آواز سن کر چونک اٹھا۔ آنے والی ہستی میرے لیے کسی نئی مصیبت کا پیش خیمہ بھی بن سکتی تھی۔ چند لمحے بعد ہی مجھے کسی زنانہ سینڈل کی آواز سنائی دی۔ اور میں اٹھ کر بیٹھ گیا۔ ذہنی طور پر میں ہر قسم کی صورت حال کا مقابلہ کرنے کے لیے تیار تھا۔ مگر اس لڑکی کو قریب دیکھ کر میں کھوپڑی ہلائے بغیر نہیں رہا۔ یہ وہی لڑکی تھی جس سے پہلی مڈ بھیڑ سام کے اپارٹمنٹ میں ہو چکی تھی۔ وہ بہت تیز تیز قدموں سے چل رہی تھی۔ بلکہ اسے چلنے کے بجائے دوڑتا کہا جائے تو زیادہ درست ہو گا۔

مجھے دیکھ کر اس کے تیزی سے اٹھتے ہوئے قدم اسی طرح رک گئے، جیسے کسی تیز

رفتار کار کی بریک اچانک لگا دیا جائے اسے شاید اپنی آنکھوں پر یقین نہیں آ رہا تھا۔ چند لمحے تک حیرت اور بے یقینی کی حالت میں دیکھتی رہی۔ پھر بولی ”تم زندہ اور محفوظ ہو!“

”میرا خیال ہے تم نے غلط نہیں کہا۔“ میرے ہونٹوں پر زہریلی مسکراہٹ پھیل گئی۔ ”لیکن اگر میں زندہ اور محفوظ ہوں تو اس میں تمہارا یا تمہارے دوستوں کا کوئی کمال نہیں۔“

”وہ لوگ میرے دوست نہیں ہیں۔“ اس کے لہجے میں حیرت کا عنصر بدستور موجود تھا پھر وہ ذرا رک کر بولی۔ ”ابھی چند منٹ بیشتر ہی میں لانچ پر یہاں آئی ہوں۔ مجھے اتنا تو علم تھا کہ ان لوگوں نے تمہیں کسی جگہ چھوڑ دیا ہے مگر اس کا اندازہ نہیں تھا کہ یہاں جزیرے پر چھوڑا ہو گا۔“ گویا میں اُس وقت کسی جزیرے پر تھا۔

”سام بریڈلے اور اس کی بیوی کا کیا ہوا؟“ میں نے اس کی آنکھوں میں دیکھتے ہوئے سوال کیا۔

”ہم اب تک انہیں تلاش نہیں کر سکے ہیں۔ شاید کسی کو ان کے بارے میں کچھ پتا نہیں۔“

”میں شرط لگانے کو تیار ہوں کہ تمہارا دوست ہیری یقیناً سب کچھ جانتا ہو گا۔“

اس کی آنکھوں میں الجھنوں کے سائے اتر آئے۔ ذرا رک کر بولی۔ ”ہو سکتا ہے. ہو سکتا ہے کہ وہ جانتا ہو۔“

میرے پاس اس کی باتوں پر یقین کرنے کی کوئی وجہ نہیں تھی نہ ہی میں اس کے لیے تیار تھا۔ مگر اس کے پاس لانچ تھی اور مجھے اس وقت اس کی سخت ضرورت تھی۔ میں نے اسے مخاطب کر کے پُر خیال لہجے میں کہا۔ ”اب ہمیں یہاں سے چلنا چاہیے۔ مجھے نئے کپڑوں کی ضرورت ہے۔“

اس نے ایک پستول میری طرف بڑھاتے ہوئے کہا"یہ لو! یہ تمہارا ہی ہے۔ اسے ان کے قبضے سے حاصل کرنے کے لیے مجھے اسے چرانا پڑا تھا۔"

اس کی باتیں میرے لیے ناقابل فہم تھیں۔ میں نے اپنی آنکھوں سے اسے ان لوگوں کے ساتھ دیکھا تھا۔ وہ مجھے پستول سے نشانہ بنائے رہی تھی۔ میں نے پستول اس کے ہاتھ سے لے کر اس کا چیمبر چیک کیا۔ تمام گولیاں جوں کی توں موجود تھیں۔

میں نے طویل سانس لے کر کہا"سمجھ میں نہیں آتا کہ تمہاری اس وقت کی آمد کا کیا مطلب لوں۔ مگر کیا تم یہی معلوم کرنے نہیں آئی تھیں کہ میں پانی میں ڈوب کر مر چکا یا ابھی زندہ ہوں؟" "احمقانہ باتیں مت کرو!" اس کا لہجہ خشک تھا"ہم دونوں ایک ہی کشتی میں سوار ہیں۔"

میں جواب دینے کے بجائے اسے دیکھتا رہ گیا۔ وہ اپنا تعارف کراتے ہوئے بولی۔ "میرا نام کیتھی ہے۔" اس کے لہجے سے خلوص اور سچائی کا اظہار ہو رہا تھا۔ مگر اس سے پہلے کہ میں کچھ بولتا اس نے کہا۔ "سچی بات تو یہ ہے کہ مجھے اس بات کا ذرا بھی یقین نہیں تھا کہ تم یہاں ہو گے لیکن پھر میں نے سوچا، ممکن ہے تم مل ہی جاؤ۔ مجھے معلوم ہے کہ میر اگر وہ اس مقام کو کسی خاص مقصد کے لیے استعمال کر رہا ہے۔ بہرحال تمہاری تلاش میں آتے وقت مجھے ذرا اندازہ نہیں تھا کہ میں تمہیں کس طرح آزاد کرا سکوں گی۔ اس کے باوجود میں اپنے آپ کو یہاں آنے سے باز نہیں رکھ سکی اور پھر تم مجھے وہاں لیٹے نظر آ گئے۔"

میرے پاس جواب میں کچھ کہنے کے لیے کوئی بات نہیں تھی اور وہ کہہ رہی تھی۔ "تم موت سے اس سے کہیں زیادہ قریب پہنچ گئے تھے۔ جتنا تم سمجھتے ہو۔ پولیس اس کار کے تعاقب میں تھی۔ جس میں تمہیں لے جایا جا رہا تھا۔ دو طرفہ فائرنگ بھی ہوئی تھی۔

تمہاری کار کو کوئی نقصان نہیں پہنچا تھا۔ لیکن پھر انہوں نے موقع ملتے ہی تمہیں دوسری کار میں منتقل کر دیا۔"

"اگر تم واقعی دوست ہو تو پھر کیوں نہیں بتا دیتیں کہ سام کہاں ہے؟" میں نے تھوڑی دیر بعد پوچھا۔

"مجھے خود معلوم نہیں۔" اس نے جواب دیا۔ اس کا لہجہ بدستور پُر خلوص تھا۔ وہ مجھے دیکھتی ہوئی التجا آمیز لہجے میں بولی۔ "پلیز! کل صبح کے واقعات کو بھول جاؤ۔"

"میں کچھ سمجھا نہیں۔" میں نے نہ سمجھنے والے انداز میں کہا۔ وہ چند ثانیے خاموش رہی پھر بولی۔ "میرا مقصد انتقام ہے۔" اس کا لہجہ یہ کہتے ہوئے قطعی بدل گیا۔ "میرا انتقام اُس روز پورا ہو گا جب میرانو بھی اُسی انجام سے دوچار ہو گا جس سے میرا اکلوتا بھائی دوچار ہوا تھا۔" میں حیرت سے اس کا منہ تکتا رہا، میرانو میانی کا نامی گرامی غنڈہ تھا۔ وہ منشیات اور جوئے جیسے دھندوں میں ملوث تھا مگر کوئی ثبوت نہ ملنے کے باعث پولیس اب تک اس پر ہاتھ نہ ڈال سکی تھی۔

تھوڑی دیر تک سمندر کی لہروں کا شور گونجتا رہا، پھر اُس کی آواز میری سماعت سے ٹکرائی۔

"میرے والدین بچپن ہی میں فوت ہو گئے تھے۔ ہم بہن بھائی نے مختلف رشتہ داروں کے ہاں وقت گزار کر جوانی کی سرحدیں طے کیں۔ جیسے تیسے پڑھ لکھ بھی گئے۔ میں اپنے بھائی جیمز سے عمر میں چار سال بڑی تھی۔ میں نے ایک ہوٹل میں ویٹرس کی ملازمت کر لی جبکہ جیمس باکسر بننے کی سعی کرنے لگا۔ میں اس کے اس شوق کی شروع سے مخالف تھی۔ جب بھی وہ کسی مقابلے میں شرکت کے بعد زخموں سے چور چور گھر لوٹتا تو میرے دل پر جیسے ہزاروں چھُریاں چل جاتیں مگر میں اُسے روکتی ہی رہ جاتی۔ وہ میری

باتیں ایک کان سے سن کر دوسرے کان سے نکال دیتا۔

ایک روز وہی ہوا جس کا ڈر تھا۔ شکاگو کے ایک غیر معروف کلب میں انعامی مقابلہ ہوا۔ جیمز تیسرے راؤنڈ سے آگے نہ جاسکا۔ اُس کے دوست اُسے اس حال میں گھر لائے کہ اس کی بیشتر پسلیاں ٹوٹ چکی تھیں اور دانت تو جیسے تھے ہی نہیں۔ اپنے اکلوتے بھائی کو اس حال میں دیکھ کر میں ذہنی حالت کھو بیٹھی۔ خاصے عرصے تک میں اُس کی قبر سے لپٹی اُسے باکسنگ ترک کرنے کی تلقین کرتی رہتی۔ بالآخر جب میری ذہنی حالت اعتدال پر آئی تو میں نے فیصلہ کر لیا کہ جیمز کو اس انجام سے دوچار کرنے والوں سے انتقام لوں گی۔ اس حالت میں میری ایک سہیلی نے میرا بڑا ساتھ دیا۔ وہ ایک اخبار میں رپورٹر ہے۔ اُس نے مجھ پر یہ حیرت انگیز انکشاف کیا کہ جیمز دراصل ایک منظم گروہ کا کارندہ تھا جو انسانی مقابلوں پر جوا کھیلتا تھا۔ ایسی لڑائیوں میں ہار جیت کا فیصلہ کسی ایک فریق کی موت پر ہوا کرتا تھا۔ زیر زمین دنیا کے باسی ایسے مقابلوں پر بھاری رقمیں لٹاتے تھے۔ یہ خصوصی اہتمام کیا جاتا کہ سرکاری حکام کو اُن مقابلوں کی ہوا بھی نہ لگنے پائے اس کام میں بعض پولیس افسر بھی ملوث تھے۔ یہ انکشاف خاصا لرزہ خیز تھا کہ میرا بھائی اب تک آٹھ مقابلے جیت چکا تھا یعنی آٹھ افراد کو موت کے گھاٹ اتار چکا تھا۔

میں نے یہ معلومات ملنے کے بعد دل ہی دل میں تہیہ کر لیا کہ اب اُس گروہ کی بیخ کنی کر کے ہی چھوڑوں گی۔ اس مقصد کے لیے میں میرانو کے گروہ میں شامل ہو گئی۔ میرانو کا تعلق اُس گُروہ سے تھا جس کے ایک کارندے نے میرے بھائی کی جان لی تھی۔''

میں گُم سُم اُس کی کہانی سُنتا رہا۔ اُس کی آپ بیتی نے اب تک میرے ذہن میں اُبھرنے والی نامکمل تصویر خاصی حد تک مکمل کر دی تھی۔ مگر ابھی بہت سے سوالوں کے جواب باقی تھے۔

ہماری گفتگو کے دوران صبح کے آثار نمودار ہونے لگے تھے۔ میرے ذہن میں طرح طرح کے وسوسے جنم لے رہے تھے۔ ایک طرف مجھے اپنے دوست سام اور اس کی بیوی کی فکر تھی تو اب کیتھی کی صورت میں ایک نیا مسئلہ میرے سامنے تھا۔ بہر حال میرے لیے وہاں سے فرار ہو کر پولیس تک پہنچنا اور انہیں تمام حقائق سے آگاہ کرنا بے حد ضروری ہو گیا تھا کیونکہ اب تک ہونے والی گفتگو سے میں نے یہی اندازہ لگایا تھا کہ وہ کوئی بہت ہی منظم گروہ تھا جو بالکل اسی طرح دو انسانوں کی لڑائی پر شرط لگاتا تھا جیسے دنیا کے بعض خطوں میں جانوروں کی لڑائیوں پر شرطیں لگائی جاتی ہیں۔ اس گروہ کے مذموم کاروبار کو روکنا بے حد ضروری تھا۔ اب مجھے یقین ہو گیا کہ میرے دوست سام کو اس گروہ کے بارے میں یقیناً کچھ ثبوت ہاتھ آئے ہوں گے جو وہ میرے حوالے کرنا چاہتا تھا مگر اس سے پہلے ہی گروہ کو اس کی خبر ہو گئی اور وہ اسے نقصان پہنچانے کے درپے ہو گئے جس سے بچنے کے لیے اسے ایلن سمیت فرار ہونا پڑا۔ اگر وہ دونوں گروہ کے ہاتھ آ چکے ہوتے تو وہ لوگ اس کے فلیٹ کی نگرانی کرتے نہ اُسے تلاش کرتے۔ "کیا سوچ رہے ہو؟" لڑکی نے مجھے سوچوں میں گم دیکھ کر پوچھا۔

"یہی کہ مجھے یہاں قید کرنے کا کیا مقصد تھا اور سام کا کیا انجام ہو گا۔" میں نے جواب دیا۔

"تم یہاں سمندر کے پانی میں ڈوب کر ہلاک ہو جاتے اور پھر تمہاری لاش ساحل پر پھینک دی جاتی جہاں یہ ثابت ہو جاتا کہ تم سمندر میں ڈوبنے سے ہلاک ہوئے ہو۔" اس نے جواب دیا۔ "میرانو اس طریقے سے کئی لوگوں کو ہلاک کر چکا ہے۔ وہ ایک عرصے سے یہ زندان استعمال کرتا چلا آ رہا ہے۔ اس کے علاوہ یہ جزیرہ بھی اسی کی ملکیت ہے اور وہ مہینے میں ایک دن بغرض تفریح یہاں ضرور آتا ہے۔" "ابھی ابھی تم نے میرانو سے

انتقام لینے کی بات کی تھی۔‘‘ میں نے پوچھا۔ ’’تم پولیس کو اطلاع کیوں نہیں کر دیتی، اس سلسلے میں میں بھی تمہاری مدد کروں گا۔‘‘

’’تم میرانو کو نہیں جانتے۔‘‘ اس نے زہر بھرے لہجے میں جواب دیا۔ ’’وہ انسان کے روپ میں شیطان ہے پولیس اس کا کچھ نہیں بگاڑ سکتی۔ میرانو کا گروہ اتنا چھوٹا نہیں کہ مقامی پولیس اس کا کچھ بگاڑ سکے۔ اس کے ڈانڈے مافیا سے ملتے ہیں۔ وہ یہی ایک کاروبار نہیں کرتے بلکہ ہر اس مذموم کاروبار میں ملوث ہیں جو انسانیت کا قاتل ہے۔ میں اس کے پورے گروہ کو بعد میں ختم کروں گی۔ میرا پہلا انتقام میرانو کی موت کے بعد ہی پورا ہوگا اور وہ آج کے دن ہوگا۔‘‘

میں ہکا بکا اس کی یہ بات سن رہا تھا ’’مگر کیسے میں تمہارا مطلب نہیں سمجھا۔‘‘

’’میں نے میرانو کو اس حد تک شیشے میں اتار لیا ہے کہ وہ مجھے اپنی محبوبہ سمجھنے لگا ہے۔‘‘ اس نے چہرے پر آنے والے بال پیچھے ہٹاتے ہوئے کہا ’’وہ اپنی تفریح کا ایک دن اس جزیرے پر میرے ساتھ تنہا گزارتا ہے۔ اس دوران اس کے محافظوں میں سے کسی کو بھی ہمت نہیں ہوتی کہ اس کی تنہائی میں مخل ہو سکیں۔ یہی وہ وقت ہوگا جب میں اس کی کھوپڑی اڑا دوں گی اور اس کے آدمیوں سے یہ کہوں گی کہ اس نے خودکشی کر لی ہے۔‘‘

’’کیا اس طرح انہیں تم پر شک نہیں پڑے گا۔‘‘ میں نے حیرت زدہ لہجے میں پوچھا۔

’’میں نے اس پہلو پر پہلے ہی سوچ لیا ہے۔‘‘ اس نے جواب دیا۔ ’’میں اس وقت گروہ میں میرانو کی سب سے قریبی ساتھی ہوں، میرانو ہی کیا گروہ کے تمام ارکان مجھ پر اندھا اعتماد کرتے ہیں اور کوئی یہ سوچ بھی نہیں سکتا کہ میں گروہ کے مفاد کے خلاف بھی کوئی قدم اٹھا سکتی ہوں۔‘‘

"پھر بھی یہ کام اس قدر آسان نہ ہو گا۔" میں نے اسے روکنا چاہا۔ "تمہیں پولیس سے مدد لینی چاہیے۔"

اس سے قبل کہ وہ میری بات کا کوئی جواب دیتی یا میں کچھ اور کہتا وہ اُٹھ کھڑی ہوئی۔ اس کے انداز سے صاف ظاہر تھا کہ وہ کچھ سننے کی کوشش کر رہی ہے اس دوران اس کے چہرے پر ایک کے بعد دوسرا رنگ آتا اور گزر جاتا۔ اب وہ آواز مجھے بھی سنائی دے گئی جو دراصل کسی موٹر لانچ کے بھاری انجن کی آواز تھی۔

"جلدی کرو کہیں چھپ جاؤ۔" اس نے مجھے ایک طرف دھکیلتے ہوئے کہا۔ "ایسا نہ ہو تمہاری موجودگی میرا کام بگاڑ دے۔"

میرے پاس اُس کی بات ماننے کے سوا کوئی چارہ نہ تھا۔ وہ مقام چاروں طرف سے پانی میں گھرا ہوا تھا اور اس کی مدد کے بغیر وہاں سے فرار ہونے کا میں تصور بھی نہیں کر سکتا تھا۔ لہٰذا میں وہاں سے کچھ دور چٹانوں کی اوٹ میں جا چھپا۔ اس مقام سے مجھے سامنے کا تمام منظر بآسانی نظر آ رہا تھا۔

تھوڑی دیر بعد ایک لانچ کنارے سے آ لگی اور میری حیرت میں اس وقت اضافہ ہو گیا جب لڑکی کے بیان کے متضاد لانچ سے آٹھ، دس افراد اتر کر ساحل پر آ موجود ہوئے۔ ان کے وسط میں ایک دراز قد شخص منہ میں سگار دبائے یوں کھڑا تھا جیسے کوئی بادشاہ اپنے درباریوں کے درمیان کھڑا ہوتا ہے۔ تمام کے تمام افراد دور مار رائفلوں اور پستولوں سے مسلح تھے سگار والا یقیناً میر انو تھا۔ سب سے آخر میں اترنے والے دو آدمیوں نے زخموں سے چور چور ایک شخص کو تھام رکھا تھا۔ اس کی حالت بہت ناگفتہ بہ تھی۔ بال الجھے ہوئے، ڈاڑھی بڑھی ہوئی اور آنکھیں اندر دھنسی ہوئیں۔ صاف ظاہر ہو رہا تھا کہ اسے انسانیت سوز تشدد کا نشانہ بھی بنایا گیا تھا۔ ساحل پر آتے ہی انہوں نے اس شخص کو

میر انو کے قدموں میں جا پھینکا اور میرا دل جیسے دھڑ کنا ہی بھول گیا وہ بدنصیب شخص کوئی اور نہیں بلکہ میرا دوست سام تھا جس کی تلاش میں، میں موت کے اس قدر قریب آگیا تھا۔

لڑکی یقیناً میر انو کو اکیلا دیکھنے کی امید لیے بیٹھی تھی اور یہ سب اس کے لیے قطعی غیر متوقع تھا۔ میرا ذہن انہی سوچوں میں گم تھا کہ میر انو نے سام کو بالوں سے پکڑ کر اٹھایا اور گھونسا مار کر دور گرا دیا۔ "بدبخت انسان تو نے کیا سوچ کر میر انو کے ساتھ غداری کی تھی۔" یہ کہہ کر میر انو نے اسے ٹھڈوں پر رکھ لیا۔ میں اپنی جگہ بیٹھا پیچ و تاب کھاتا رہ گیا میرا دوست میری آنکھوں کے سامنے تشدد کا شکار ہو رہا تھا اور میں کچھ بھی نہ کر پا رہا تھا۔ محافظوں کے ہاتھوں میں تھمی ہوئی بندوقیں میری راہ میں حائل تھیں۔ میرے لیے یہی بہتر تھا کہ میں جزیرے سے فرار ہو کر پولیس کو اطلاع دیتا اور وہ لوگ یہاں آکر میر انو کو اس کے آدمیوں سمیت گرفتار کر لیتے۔ میرا ذہن انہی سوچوں میں گم تھا کہ کوئی ٹھنڈی شے میری کنپٹی سے آ لگی ساتھ ہی ایک کرخت آواز سنائی دی "خبردار ہلنے کی کوشش مت کرنا ورنہ گولی سے اڑا دوں گا۔" اس کے ساتھ ہی وہ جو کوئی بھی تھا اس نے میرا پستول نکال کر اپنے قبضے میں کر لیا پھر اس نے مجھے کھڑے ہونے کا حکم دیا اور دھکا دے کر میرا رخ اپنی طرف کر لیا۔ وہ ایک کرخت صورت شخص تھا جو مجھے دیکھتے ہی بولا۔ "تم زندہ کیسے بچ گئے، تمہیں تو زندان میں ہونا چاہئے تھا۔" جس سے میں نے اندازہ لگایا کہ وہ میر انو کا ہی آدمی تھا۔ اس سے قبل کہ میں کچھ کہتا وہ اپنے ساتھیوں کو آواز دے کر بلا لایا اور وہ سب مجھے دھکیلتے ہوئے میر انو کے سامنے لے گئے۔

"تو تم زندہ بچ گئے" میر انو کے منہ سے سرسراتی ہوئی آواز نکلی۔ "شاید تمہاری موت تمہارے دوست کے ساتھ ہی لکھی ہے۔" یہ کہہ کر اس نے میرے منہ پر ایک

زوردار گھونسا رسید کیا اور اپنے ساتھیوں کو مخصوص انداز میں اشارہ کرتے ہوئے لڑکی کو پہلو میں دبائے سگار کے لمبے لمبے کش لیتا ہوا وہاں سے روانہ ہو گیا۔ اس کے ساتھی مجھے اور سام کو بندوقوں کی زد پر لیے اس کے پیچھے پیچھے روانہ ہو گئے۔ اونچے نیچے راستوں پر سے ہوتے ہوئے ہم ایک ایسے مقام پر جا پہنچے جو شاید جزیرے کا آخری حصہ تھا۔ اس جگہ بڑے زور کی ہوا چل رہی تھی اور آبی پرندوں کے غول ہمارے سروں پر منڈلا رہے تھے تھوڑی دیر بعد ہم جس مقام پر پہنچے وہ ایک ایسے کنوئیں سے مشابہ تھا جس کی منڈیر نہ ہو بلکہ در حقیقت وہ ایک بہت بڑا مین ہول تھا جس کے دہانے پر جنگلا لگا تھا۔ میرانو کے اشارے پر اس کے ساتھیوں نے جنگلا ہٹا کر ایک طرف رکھ دیا۔ اب ہم اس کنوئیں کے کنارے پر کھڑے تھے۔ جیسے ہی میری نظر کنوئیں کے اندر گئی مجھے اپنی تکلیف دہ موت کا یقین ہو گیا۔ کنوئیں کی تہ میں بہت سے مگرمچھ تو تھنیاں سطح پر نمودار کیے اوپر دیکھ رہے تھے یقیناً جنگلا ہٹنے سے انہیں کسی کی آمد کا پتا چل چکا تھا۔

"یہ میرے پالتو مگرمچھ ہیں جو اب تک میرے بہت سے دشمنوں کا گوشت ہضم کر چکے ہیں۔" میرانو نے زہریلے لہجے میں کہا "پولیس ڈھونڈتی رہ جاتی ہے اور میرے دشمن مگرمچھوں کے جسم کا حصہ بن کر اپنا وجود کھو بیٹھتے ہیں۔ عنقریب تمہارا بھی یہی انجام ہونے والا ہے۔" اس کے ساتھ ہی اس نے اپنے ایک آدمی کو اشارہ کیا جس نے چشم واحد میں سام کو کنوئیں میں دھکیل دیا۔ جیسے ہی سام کی چیخ کی گونج ختم ہوئی ایک زوردار چھپاکے کی آواز سنائی دی اور نہ ختم ہونے والی چیخوں کا سلسلہ شروع ہو گیا۔ مگرمچھوں نے دیکھتے ہی دیکھتے سام کو دنیا کی ہر تکلیف سے آزاد کر دیا اور اس کے جسم کے ٹکڑے شڑپ شڑپ کی آوازوں کے ساتھ نگلنے لگے۔ میں نے زندگی میں ایک سے بڑھ کر ایک خونین منظر دیکھے تھے مگر یہ منظر ان سب سے زیادہ دہشت ناک تھا۔ یوں لگتا تھا کہ میں جاگتی

آنکھوں کوئی ڈراؤنا خواب دیکھ رہا ہوں۔ "ہوگئے ناحواس گم؟" میرانو کی سرسراتی ہوئی آواز مجھے ہوش وحواس کی دنیا میں واپس لے آئی۔ "عنقریب تمہارا بھی یہی انجام ہونے والا ہے۔ کیا تمہاری کوئی آخری خواہش ہے؟"

"میری تو بس ایک ہی آخری خواہش ہے کہ جیسے تم نے میرے دوست کو ان مگرمچھوں کا نوالہ بنایا ہے اسی طرح تم بھی مگرمچھوں کا نوالہ بنو اور رہتی دنیا تک یہ حقیقت ثابت ہو جائے کہ برائی کا انجام برا ہی ہوتا ہے۔"

"افسوس کہ تمہاری زندگی میں یہ خواہش کبھی پوری نہیں ہوگی البتہ میں تمہیں اتنی رعایت ضرور دے سکتا ہوں کہ مگرمچھوں کے منہ میں صرف تمہاری لاش ہی جائے" یہ کہہ کر اس نے اپنے ایک ساتھی کو اشارہ کیا جس نے ریوالور کی نال میرے منہ میں ٹھونس دی۔ میں نے آنکھیں بند کر لیں۔ یوں بآسانی موت کو گلے لگا لینا میرے اصولوں کے منافی تھا۔ اگر مرنا ہی تھا تو کیوں نہ دو چار کو ساتھ لے کر مرا جائے، یہ خیال ذہن میں آتے ہی میں نے ایک جھٹکے سے ریوالور بردار کے پیٹ میں مکا رسید کر دیا اور ریوالور اس کے ہاتھ سے چھوٹ کر اڑتا ہوا کنوئیں میں جا گرا۔ میرا یہ اقدام اُن کے لیے قطعی غیر متوقع تھا۔ میں اچھل کر کنوئیں کے دہانے سے دور ہٹ گیا۔ دیکھتے ہی دیکھتے اُن سب کا اسلحہ مجھ پر مرتکز تھا۔ قریب تھا کہ وہ مجھے گولیوں سے بھون ڈالتے کہ میرانو نے ہاتھ اٹھا کر انہیں روک دیا۔

"اسے میں اپنے ہاتھوں سے گولی ماروں گا۔" یہ کہہ کر اس نے اپنے ایک کارندے سے رائفل لے کر مجھ پر تان لی۔ اس کے اور میرے درمیان کافی فاصلہ تھا، میں نہ تو اس پر وار کر سکتا تھا نہ ہی خود کو بچانے کے لیے کچھ کر سکتا تھا۔

"کیا تم اتنی آسان موت سے نوازو گے اس منحوس کو۔" کیتھی کی آواز میری

سماعت سے ٹکرائی۔ میں نے ایک نظر اس پر ڈالی اور اس کی آنکھوں میں جھانکتے ہی اس کی چال سمجھ گیا۔

"یہ ہیجڑہ مجھے ایسی ہی موت مار سکتا ہے۔" میں نے تھوک کر اسے مخاطب کیا۔ "ہتھیار کے بغیر دشمن کو زیر کرنے والے مرد آج کے زمانے میں پیدا ہی نہیں ہوتے۔"

یہ سننا تھا کہ میرانو کے تن بدن میں جیسے آگ لگ گئی۔ اس نے غصے سے رائفل ایک طرف پھینکی اور پھنکارا "سب ہٹ جاؤ۔ میں اس کمینے کو اپنے ہاتھوں سے کنوئیں میں پھینکوں گا۔" یہ کہہ کر وہ ایک ہی جست میں میرے مقابل آگیا۔ اب صورت حال یہ تھی کہ ہم ایک دوسرے پر پل پڑنے کے لیے پر تول رہے تھے اور کچھ فاصلے پر مگر مچھوں سے بھرا کنواں ہم میں سے کسی ایک کے انتظار میں منہ کھولے ہوئے تھا۔ اب تک ہم آنکھوں ہی آنکھوں میں ایک دوسرے کو تول رہے تھے۔ اپنی اپنی دانست میں ہم بہتر زاویے کی تلاش میں تھے۔ اچانک اس نے مجھ پر زقند لگائی، میں بھی ہوشیار تھا، میں نے جھکائی دے کر اس کے کندھے پر کراٹے کا وار رسید کیا۔ وہ لڑکھڑا کر درندے کی طرح غرایا۔ اگلے ہی لمحے وہ کسی عفریت کی طرح مجھ پر جھپٹا اور قدرے احمقانہ انداز میں دونوں ہاتھوں سے میری گردن دبوچنے کی کوشش کی۔ میں نے خود کو اس کی گرفت میں جانے سے بچانے کے لیے اس کے چہرے پر گھونسا رسید کیا۔ اس کی گردن ایک لمحے کے لیے ٹیڑھی ہوئی مگر فوراً اس نے اپنا بن مانس کا سا بازو گھمایا۔ میں نے بھی بازو ہی پر اُس کا وار روکا۔ اس کا بازو کسی شہتیر کی طرح میرے بازو سے ٹکرایا۔ اسی لمحے میں نے اس کے پیٹ میں لات رسید کی۔ اس نے کمال مہارت سے میرا وار خالی کیا اور نہایت ہی غضب ناک انداز میں مجھ پر جھپٹا۔ میں نے اس بار اُس کی کنپٹی پر گھونسا رسید کیا تو وہ کراہ کر ڈھیر ہوگیا۔ میں نے اسے اٹھنے کی مہلت نہ دی اور رگیدتا ہوا کنوئیں کے دہانے تک لے گیا۔

خود کو بچانے کی کوشش میں اس نے ہاتھ پاؤں چلائے اور میری کمر کے گرد بازوؤں کا شکنجہ ڈال دیا۔ وہ محاورۃً نہیں واقعی آہنی شکنجہ تھا۔ ایک لمحے کے لیے تو مجھے یوں لگا جیسے میرا جسم درمیان سے دو حصوں میں بٹ جائے گا۔ تکلیف کی شدت سے مجھے احساس ہی نہ ہوا میرا جسم ایسے زاویے پر اس کے وجود تلے دبا ہوا تھا کہ میرا چہرہ کنوئیں کے اندر اور باقی جسم کنارے پر تھا۔ کنوئیں کے اندر سے کائی اور مردہ گوشت کی ناقابل بیان سڑاند اُٹھ رہی تھی۔ اب مجھے اپنی موت صاف دکھائی دینے لگی۔

چشم تصور سے میں اپنے جسم کو مگر مچھوں کا نوالہ بنتے دیکھ رہا تھا۔ اس وقت میرانو کا چہرہ زمانہ غار کے کسی وحشی کا چہرہ تھا۔ اس کے بال مٹی میں لتھڑے ہوئے تھے اور منہ سے کف جاری تھا۔ میں نے آخری کوشش کے تحت کنوئیں کے کنارے پر ہاتھ مارے تو ایک نوکیلا پتھر میرے ہاتھ میں آگیا۔ میں نے بمشکل ترچھے ہوتے ہوئے اس کی کھوپڑی پر بھرپور وار کیا۔ اس کی گرفت ڈھیلی پڑگئی میں نے بلاتوقف دوسری اور تیسری ضرب لگائی اور اسے خود پر سے الٹ کر کنوئیں میں جا پھینکا۔ ایک دلدوز چیخ کے ساتھ وہ اسی انجام سے دوچار ہو گیا۔ میرانو کے ساتھیوں کو جیسے سانپ سونگھ گیا تھا۔ شاید انھیں ابھی تک یقین ہی نہ آیا تھا کہ ان کا سرغنہ اپنے ہی کھودے ہوئے کنوئیں میں گر چکا ہے۔

کیتھی خوابیدہ سی کیفیت میں میرے اور مسلح ساتھیوں کے درمیان حائل ہو گئی۔ اس نے قریب آکر اپنی پستول میری کنپٹی سے لگا کر مجھے اٹھنے کا حکم دیا۔ مجھے معلوم تھا کہ میں نے کیا کرنا ہے۔ میں نے جھپٹ کر پستول چھینا اور اس کی گردن قابو کر کے کنپٹی سے لگا دیا۔ اب اگر اس کے ساتھی گولی چلاتے تو پہلے اسے لگتی۔

”خبردار! ہتھیار پھینک دو ورنہ اس کی کھوپڑی اڑا دوں گا۔“

”جلدی کرو۔“ کیتھی ہکلائی۔ ”کہیں ایسا نہ ہو یہ مجھے بھی میرانو کی طرح مار

دے۔"

میں نے اُن سب کے ہتھیار کنوئیں میں پھنکوا دیے اور ریوالور کی زد پر لیے ہوئے ساحل تک لے آیا۔ خوش قسمتی سے ان کی لانچیں خالی تھیں۔ میں نے رسا نکلوا کر ایک شخص سے ان سب کے ہاتھ اور پاؤں پشت پر بندھوائے اور پھر آخری شخص کے ہاتھ پاؤں کیتھی سے بندھوا دیے۔ اب مجھے اُن سب کی طرف سے اطمینان تھا۔ دوسرے کیتھی بھی اُن کی نظروں سے مشکوک نہیں ہوئی۔ میں کیتھی سمیت لانچ میں وہاں سے سیدھا پولیس اسٹیشن پہنچا جہاں کیتھی نے اپنا بیان قلمبند کرایا اور پولیس نے جزیرے پر جا کر میرانو کے ساتھی گرفتار کر لیے۔

سام کی موت کا مجھے ہمیشہ دکھ رہے گا۔

بعد ازاں کیتھی کی زبانی سام کے متعلق مجھے جو کچھ معلوم ہوا وہ اسی کی زبانی سنیے:

"اس کے قبضے میں ایک ویڈیو کیسٹ تھی جس میں ایک مقابلے کی شوٹنگ تھی اور اس مقابلے میں نہ صرف یہ کہ میرانو اور اس کے ساتھی بھی نظر آتے تھے۔ سام وہ ویڈیو میرانو کو بلیک میل کرنے کے لیے استعمال کر رہا تھا مگر جلد ہی اسے معلوم ہو گیا کہ میرانو کو بلیک میل کرنا اس کے بس کا روگ نہ تھا اس نے تمھیں اپنی مدد کے لیے بلایا مگر اس سے پہلے ہی اسے عجلت میں فرار ہو جانا پڑا وہ میرانو کے گروہ سے جگہ جگہ چھپتا پھر رہا تھا کہ اس کی بیوی نے اسے پولیس سے مدد لینے کا مشورہ دیا۔ اتفاق سے اس کی بیوی کا ایک پرانا شناسا ایف آئی اے میں تھا جس کی مدد سے وہ میرانو کے خلاف کارروائی کروانے میں کامیاب ہو گئے مگر بد قسمتی سے اس دوران سام میرانو کے ہتھے چڑھ گیا اس کے بعد جو کچھ ہوا وہ تمہارے سامنے ہے۔"

سام مر چکا تھا، میرانو بھی اپنے انجام کو پہنچ ہی گیا مگر میں ایک ایسے واقعے کا چشم دید

گواہ بن گیا جو مرتے دم تک میرے ذہن میں نقش رہے گا۔ سام کے انجام کا مجھے دکھ ہے مگر اس میں کسی کا کوئی قصور نہیں سام ایک عرصے تک بدی کے کاروبار میں شریک رہا تھا اور بدی انجام کار بدکار کو اپنی لپیٹ میں لے ہی لیتی ہے۔

✳ ✳ ✳